照れ降れ長屋風聞帖【七】

仇だ桜

坂岡真

双葉文庫

目次

※本書は2007年3月に小社より刊行された作品に
加筆修正を加えた「新装版」です。

地獄で仏

一

文政《ぶんせい》六年（一八二三）、霜月《しもつき》。
江戸は冬至《とうじ》を過ぎて、寒の入りを迎えた。
初雪も降ったが、根雪にはなっていない。
――じゃん、じゃん、じゃん。
遠くで半鐘《はんしよう》が鳴っている。
底冷えのする夜、町木戸も閉まる亥《い》ノ刻（午後十時）頃。
神田《かんだ》豊島《としま》町《ちよう》辺りに火の手があがった。
風は北北東、丑《うし》の方角から吹きおろすように巻いている。

　鳶《とび》の若い衆に煽《あお》られ、野次馬《やじうま》どもが嬉々として駆けてゆく。

「それ、急げ」

　火事と喧嘩《けんか》が三度の飯よりも好きな連中だ。家財道具と言えば鍋釜《なべかま》に蒲団《ふとん》程度、狭苦しい借家が焼かれようが痛くも痒《かゆ》くもない貧乏人ばかりである。

「おら、退《の》け、退きゃあがれ」

　誰かの手が鞘《さや》に触れた。

　すわっ、狼藉者《ろうぜきもの》。

　浅間三左衛門《あさまさんざえもん》は大刀の柄《つか》を握り、折助《おりすけ》風の若僧を呼びつけた。

「待て、こら」

「なに、殺《や》るってのか、この糸瓜野郎《へちま》」

　若僧は酒臭い息を吐いた。

「おぬし、酔うておるな」

「それがどうした、禿《は》げ鼠《ねずみ》」

「はっ、禿げ鼠とは、わしのことか」

「そうさ、ほかに誰がいるってんだ」

　三左衛門はおもわず、月代《さかやき》の伸びた頭を撫《な》でた。なるほど、以前よりは薄くなったが、見も知らぬ相手に罵倒《ばとう》されるほどではない。心外だ。

「頭は薄いし、懐中《ふところ》は軽い、腹あ空かした野良侍《のらざむらい》だろうがよ」

若僧は酒を呑んでいるうえに、火事騒ぎで舞いあがっている。自分で何を喋《しゃべ》っているのか、きちんと把握《はあく》できていないようだ。

「こいつ、言わせておけば」

いかに落ちぶれたといえども侍の端くれ、ここまで莫迦《ばか》にされたら無礼討ちにしても構うまい。

が、三左衛門は躊躇《ちゅうちょ》した。

酒に酔ったうすら莫迦《ばか》を斬ったところで、一文の得にもならぬ。寝覚めが悪くなるだけだ。

若い時分なら、即座に刀を抜いていたかもしれぬ。しかし、四十二にもなると分別が生じてくる。滅多《めった》なことでは刀を抜かない。もっとも、抜いたところで竹光《みつ》なので、相手を脅す道具にもならぬ。

それに、若僧の指摘も遠からず当たっていた。

外見どおり、自分はうらぶれた痩《や》せ浪人にすぎず、十分一屋《じゅうぶいちや》（仲人稼業《なこうど》）を営むつれあいのおまつに食わせてもらっている。照降町《てりふりちょう》の貧乏長屋では「甲斐《かい》性《しょう》なしの目刺《めざ》し男」などと陰口を叩かれ、人別帳《にんべつちょう》には「上州《じょうしゅう》浪人浅間三左衛門、日本橋《にほんばし》堀江《ほりえ》町《ちょう》甚五郎《じんごろう》長屋まつ方、罷在候《まかりありそうろう》」と記載されていた。「罷在候」とは居候《いそうろう》のことだ。つまり、ヒモのようなものなのだ。

「あばよ、禿げ鼠」

若僧は唾《つば》を吐き、小汚い尻を見せて去ってゆく。

追いかける気力も失せた。

「詮方《せんかた》あるまいか」

ほっと溜息を漏らし、三左衛門は親父橋《おやじばし》を渡った。

芝居《しばい》町《ちょう》を突っきり、日本橋を東西につらぬく大路へむかう。

通《とおり》旅籠《はたご》町《ちょう》の大路を横切ったところで、誰かが叫んだ。

「火元は藍染川《あいぞめがわ》のむこうだぞ。ほら、空があんなに」

燃えていた。

炎そのものは見えないが、空は真っ赤に染まっている。

何やら焦臭《きなくさ》い。

ぱちぱちと火の粉の弾《はじ》ける音も聞こえる。

「走れ、走れ」

野次馬どもは口々に叫び、尻端折《しりつぱしょ》りで駆けてゆく。

――じゃじゃん、じゃじゃん。

半鐘の音色は間近に迫り、滅多打ちの早鐘《はやがね》に変わった。

「おまつ」

九尺店《くしゃくだな》に残してきたおまつの身が案じられる。

そろそろ、岩田帯《いわたおび》をつけなきゃねと、囁《ささや》かれたのは昨晩のことだ。

腹の膨《ふく》らみはまだ目立たないが、新たな生命を確実に育《はぐく》んでいる。

「おれの子だ」

三左衛門は怒ったように吐きすてた。

何があろうと、おまつを守ってやらねばならぬ。

力みかえった途端、ぷすっと屁《へ》を放《ひ》った。

「うひぇっ」

背中で娘の声がし、小さな手に袖を引かれた。

「おっちゃん、臭いよ」

「ん、おすずか、何しに来た」

「火事見物だよ、きまっているだろ」

才のはじけた娘はおまつの連れ子で、もうすぐ十歳になる。

母親に似てしっかり者だ。じつの父親は紺屋《こうや》の若旦那、廓《くるわ》通いにうつつを抜かし、おまつに三行半《みくだりはん》を書かされた。幼いおすずは紺屋の箱入り娘として何不自由のない暮らしを選ぶこともできたが、十分一屋の看板を掲げた母親ともども、荊《いばら》の道をすすむことにきめた。

性根が据わっている。六年もおなじ屋根の下で暮らしておきながら、正式に祝言をあげていないという理由で、三左衛門はいちども「父上」と呼ばれた例《ため》しがなかった。「おっちゃん」なのである。

弟か妹ができたら、一人前の父親として認めてもらえるだろうか。

そうなればよいがなと、三左衛門はおもう。

母が身籠《みご》もっているのを、おすずは最近になって知った。知った途端、手を叩いて嬉しがった。事あるごとに母の腹を触り、赤ん坊の息遣いを聞こうとする。なにせ「おっちゃん」とのあいだにできた子供であった。おすずの反応を心配し、自然にわかるまで黙っていようと、おまつとふたりで申しあわせてきたが、何ひとつ案じることはなかった。

「おすず、長屋に戻っておれ」

「いやだ、連れてって」

「天狗《てんぐ》にさらわれても知らぬぞ」

「天狗」

「ああ、そうだ。火事騒ぎに紛れてさらわれた娘が何人もおる」

天狗と聞いて、おすずは顔を曇らせた。

四つ辻の闇をみつめ、ぶるっと身震いする。

だからといって、駆けもどる素振りはみせない。

「後生だから連れてってよ、ねえ」

芸者のように嬌態《しな》をつくり、唇《くち》もとを尖《とが》らせる。

そんなおすずに手を握られ、三左衛門は重い溜息を吐《つ》いた。

「詮方《せんかた》あるまいか」

火元が豊島町辺りだとすれば、風下の南には藍染川と神田堀が二重の障壁となって横たわっている。ふたつの堀川が延焼を食いとめてくれるはずだが、まんがいち火勢が勝《まさ》ったら日本橋の中心は焼け野原になる。

魚河岸《うおがし》とその後ろに控える照降町も灰燼《かいじん》に帰す。三左衛門たちは焼けだされ、凍えるおもいで正月を迎えねばならない。

野次馬どもにもみくちゃにされ、小さな手がはなれた。

「あっ」

「おすず、おすず」

「ここだよ」

前方の人垣を掻《か》きわけ、愛くるしい笑顔がのぞいた。

「おら、邪魔だ、退きゃあがれ」

刺子《さしこ》の長半纏《ながばんてん》を羽織《はお》った鯔背《いなせ》な連中が脇を追いこしてゆく。

三左衛門とおすずは群衆に背を押され、小伝馬町《こでんまちょう》までやってきた。

真正面には神田堀が流れ、鳶たちが玄蕃桶《げんばおけ》に冷たい水を汲《く》んでいる。

玄蕃桶は大八車で運ばれ、竜吐水《りゅうどすい》などに補給される。ただし、水は火を消すためのものではない。火消しどものからだを濡らすためのものだ。なかでも花形の纏持《まといも》ちには念入りに水を掛け、燃えさかる炎のそばまで送りださねばならぬ。

纏持ちは男のなかの男、何があっても怖《お》じ気《け》づいてはならない。大屋根をつたって炎に近づき、消口《けしぐち》を見定める。三尺の馬簾《ばれん》を靡《なび》かせた纏が大屋根に雄々しく突きあげられると、鳶口《とびぐち》を手にした火消しどもは一斉に軒や屋根を壊しはじめる。火消しどもに火を消すことはできない。できるのは風下の家屋を手際よく壊し、延焼を防ぐことだけだ。

「ほら、あそこ」

おすずが手をぎゅっと握りしめた。

真北の夜空に炎が舞い狂っている。

まるで、昇竜《しょうりゅう》が鎌首《かまくび》をもたげたかのようだ。

「藍染川を越える勢いだぞ」

川岸の柳は火の粉をかぶっている。

熱風に頰《ほお》を撫でられ、おすずは息を呑んだ。

これだけの火事を目の当たりにするのは、生まれてはじめての経験なのだ。

三左衛門は一度ある。

江戸ではない。六年前に捨てた故郷で目にした。

上州富岡七日市《なのかいち》藩《はん》、一万石の小藩に召しかかえられ、三左衛門は馬廻り役をつとめていた。小禄役人の三男坊に生まれながら、剣に天賦《てんぷ》の才を発揮し、武芸上覧で三度も頂点を極めた。得物《えもの》は木刀ではなく、一尺そこその薪《まき》だ。木刀も木槍も薪に敵《かな》わなかった。それがまた、家中の話題にのぼった。

本名は楠木正繁《くすのきまさしげ》という。拠所《よんどころ》ない事情から藩を捨て、故郷を捨て、名も捨てた。噴煙をあげる浅間山を遠望し、浅間三左衛門という名を付けた。

三左衛門は富田流《とだりゅう》小太刀の達人。「化政《かせい》の眠り猫」とまで称された。「眠り猫」とは、眼病を患《わずら》って弟に三代目宗家の座を譲った富田勢源《せいげん》の綽名《あだな》である。勢源は「鬼神をも遠ざける」と評された比類《ひるい》無き小太刀の名人にほかならなかった。

七日市藩のみならず、三左衛門の剣名は上州一円にまで轟《とどろ》いた。ゆえに、一足飛びの出世を遂《と》げ、殿様警護の馬廻り役に任じられたのだ。

ちょうどそうしたおり、殿様の依拠する陣屋が全焼の憂《う》き目《め》にあった。

原因は奥女中の火付け。聞くところによれば、せっかく身籠もった殿様の子を死産させたことで責められ、錯乱してしまったのだという。捕らえられた奥女中は、市中引きまわしのうえ火焙《ひあぶ》りになった。

火事は城下を疲弊《ひへい》させたものの、一方で復興への連帯と活力を生んだ。

江戸とておなじ。開闢《かいびゃく》以降、四年に一度は大火に見舞われてきた。多くは空気の乾燥する冬から春にかけて発生し、数多《あまた》の犠牲者を出したが、そのたびに江戸の町は不死鳥のごとく甦《よみがえ》った。

いまや、炎は風を呼びこみ、囂々《ごうごう》と唸りをあげている。

火焔《かえん》を纏った竜はうねりつつ、狼狽《うろた》える野次馬どもを睥睨《へいげい》していた。

「切りはなちだ、もうすぐ切りはなちになるぞ」

誰かが叫び、凶兆を告げてまわった。

野次馬どもは眸子《まなこ》を吊りあげ、西の方角を睨《にら》みつける。

神田堀の手前、日本橋寄りに小伝馬町の牢屋敷があった。

切りはなちとは、牢払いのことだ。五百人もの囚人が縄を解かれ、どっと娑婆《しゃば》に躍りだす。水浅黄《みずあさぎ》の仕着せを着た悪党どもは自分たちを「天下の囚人《めしうど》」と豪語し、火事騒ぎに紛れて悪辣非道《あくらつひどう》な振るまいをほしいままにする輩《やから》も出てくる。けだものどもが江戸じゅうに溢れた途端、町は火事とは別の恐怖に支配されてしまう。

「くそっ、切りはなちか」

多くの者が顔を曇らせ、火事見物をあきらめて踵《きびす》を返しはじめた。

「おすず、帰るぞ」

三左衛門も炎に背をむけた。

一刻も早く長屋に立ちもどり、逃げる算段でも考えるとしよう。

家財道具は捨てておけばよい。おまつがせっせと貯めた銭も小壺《こつぼ》におさまる程度だ。その壺を抱え、三人で檀那寺《だんなでら》に駆けこもう。あるいは、投句《とうく》仲間の金兵衛《きんべえ》が営む柳橋《やなぎばし》の夕月楼《ゆうづきろう》か、いざとなれば、下谷同朋町《したやどうぼうちょう》に住む八尾半兵衛《やおはんべえ》を頼る手もある。

身ひとつで逃げれば何とかなるだろう。

火事よりもむしろ、火事場泥棒のほうが案じられた。

人殺しなどの重罪人は後ろ手に縛り、他所《よそ》に移すと聞いてはいる。しかし、そんな余裕があるのかどうか疑わしいところだ。

水浅黄の囚人どもには、三日間の猶予《ゆうよ》が与えられる。火災発生から数えて三日目の暮れ六つ（午後六時）までに、本所《ほんじょ》の回向院《えこういん》へ立ちもどらねばならない。戻れば罪一等を減じられる。死罪は遠島《えんとう》へ、遠島は追放へ、百敲《ひゃくたた》きは五十敲きになり、中追放《ちゅうついほう》は江戸払いとなる。

三日経っても戻らなければ、草の根を分けてでも捜しだされ、本人は死罪、一族郎党《ろうとう》も重罪に処せられる。したがって、囚人のほとんどは娑婆への未練を振りきり、回向院へ戻ってくる。

ただし、三日間は娑婆を満喫《まんきつ》できる。

要領の良い悪党は大概、むかしの仲間に盗み金を預けている。金さえあれば美《お》味《い》しいものをいくらでも食えるし、女郎屋にしけこむこともできる。

囚人であることを隠す必要もない。大手を振って堂々と往来を闊歩《かっぽ》し、暗闇に紛れて商家を襲うこともできない相談ではない。

見つかりさえしなければ、人殺しでも何でもできる。素知らぬ顔で回向院に立ちもどれば、罪一等を減じてもらえるのだ。

囚人どもにとって、火事は天の恵みにほかならなかった。

今夜から三昼夜、江戸は日本じゅうでもっとも危うい町になりかわる。

「厄介なはなしだな」

三左衛門はおすずの手を握り、注意深く周囲に目を配った。

眸子を血走らせた野次馬どもが、誰も彼も悪党に見えてきた。

二

明け方、火事は鎮まった。

炎は豊島町と大和町代地《やまとちようだいち》と久右衛門町《きゆうえもんちよう》の一部を焼き、藍染川を越えることもなく、次第に勢いを減じていった。

おまつは知りあいの商家が焼けだされたので、さっそく火事見舞いに伺《うかが》い、今し方長屋に帰ってきたところだ。

大柄なからだを黒縮緬《くろちりめん》の被布《ひふ》で包み、颯爽《さっそう》と舞いもどってきた途端、口を押さえて流しへ駆けこんだ。

つわりの時期は過ぎたはずだが、今朝から何度か吐き気に襲われているらしい。

食中《しょくあた》りだろうか。

おまつのからだに少しでも異変があると、腹の子が心配になる。

三左衛門は背中をさすってやることしかできず、無力な自分を呪《のろ》った。

おまつはしばらくして元気を取りもどし、手際よく着替えを済ませた。

三十の半ばに差しかかっても膚の色艶《いろつや》は若々しく、呉服町《ごふくちょう》の小町娘と噂された若い時分の華やいだ雰囲気を保っている。子を孕《はら》んでも変わらず、むしろ、ふっくらしはじめた頰のあたりに色気すら感じられた。

若さを保つ秘訣《ひけつ》は、嬶《かか》ァたちの集まる井戸端に長居しないことらしい。もちろん、おまつは嬶ァたちといっしょに洗濯もすれば、隣近所の洟垂《はなた》れを平気で叱りつけたりもする。表裏のない性分で誰よりも気配りができるので、よろず相談屋なみに頼りにされていた。

それでいて、おまつの歩んできた苦難の道を知る者はいない。大きな糸屋の長女として生まれ、二十歳《はたち》で紺屋へ嫁いだものの、浮気性の旦那に懲《こ》りて三行半を書かせた。不幸は不幸を呼び、おすずを連れて出戻ったところが、実家は押しこみ強盗に遭《あ》って潰れ、両親ともに心労のせいで他界してしまった。

そのころ、三左衛門は同郷の誼《よしみ》でおまつの父富蔵《とみぞう》を頼り、金銭の面倒を見てもらっていた。おまつとは富蔵の病床を見舞ったのがきっかけで出逢い、やがて、照降町の貧乏長屋でともに暮らしはじめた。

世間体を憚《はばか》って祝言《しゅうげん》もあげず、野良猫が寄りそうように暮らしてきた。正式な夫婦《みょうと》として出発できなかったことが、今さらながらに悔《く》やまれる。きちんと祝言をあげていれば、おすずに「おっちゃん」などと呼ばれることもなかったのだ。

後悔しながら過ごすうちに、六年経って待望の子を授かった。

無事に生まれてくれれば、おそらくはすべてが順調にはこぶ。

運《ツキ》に見放された人生に、光明が射すにちがいない。

期待を胸裡《きょうり》に秘めながら、三左衛門はおまつのからだを案じていた。

「おまえさん、ほら、これ」

「読売《よみうり》か」

「焼け野原に落ちていたのさ」

「なになに、一筆啓上《いっぴつけいじょう》火の用心だと、ふざけた見出しだな」

読売には火事の詳細が、陰惨《いんさん》な絵入りで綴《つづ》られていた。

「死人は出なかったらしいよ」

「ほ、そうか」

「不幸中の幸いだね、この程度で済んだのは」

おまつはきゅっと唇《くち》もとを結び、下腹をさすってみせる。

三左衛門は目を逸《そ》らし、内職の楊枝削《ようじけず》りをやりはじめた。

「大家さんのはなしでは、付け火らしいよ」

「ふうん」

「興味ないのかい。おまえさんは、いつだってそうさ。照降町が焼け野原になっても、ふうんって顔をしていなさるんだろうね、きっと」

おまつは皮肉を口走り、つっと立ちあがった。

勝手場で出刃庖丁《でばぼうちょう》を握り、大根の皮を剝《む》きはじめる。

昼餉《ひるげ》はどうやら、大根の味噌汁《みそしる》にありつけるらしい。

「おまえさんの大好きな千六本だよ」

「ほ、ありがたい」

正直者の腹の虫が、くうっと鳴いてみせた。

「でも、心配だねえ」

「何が」

「水浅黄の連中さ。切りはなちになると、かならずどこかで凶事が起きる。今までもそうだった。商家が襲われたり、白昼堂々、辻強盗が躍りでてきたり。無闇《むやみ》に人を斬ったり、子供をさらったりする悪党もいる。切りはなちの連中には兇状《きょうじょう》持《も》ちの御下知人《ごげちにん》が混ざっているって噂だよ」

三左衛門は楊枝を削る手を止めた。

おすずのことが急に案じられてくる。

「おまえさん、八つ（午後二時）前になったら、手習いまで迎えにいっておくれな」

「ふむ、そうしよう」

「なんにせよ、明後日《あさって》の暮れ六つまでの辛抱《しんぼう》だよ」

と、そこへ。

物淋《ものさび》しげな鋳掛屋《いかけや》の呼び声が聞こえてきた。

「いかあけえ、鍋釜。いかあけえ、鍋釜」

おまつが聞き耳を立てながら、鶴《つる》のように首を伸ばす。

「おまえさん、ちょいと呼んできておくれ」

「鋳掛屋をか」

「そうさ、ほら」

おまつが持ちあげた釜の底に、波銭大《なみせんだい》の穴があいていた。

三左衛門は下駄《げた》をつっかけ、曇天のしたへ躍りでる。

「おうい」

呼びとめるまでもなく、鋳掛屋はのっそり近づいてきた。

年は三十過ぎ、牛のような体つきの男で、扁平《へんぺい》な顔がやけに蒼白い。

「甚六《じんろく》さんだよ。ご存じないかもしれないけど、つい先日、露地ひとつ隔てた裏店に引っ越してきたのさ」

大家のおなじ貧乏長屋を、おまつが紹介したのだという。

「甚六さんってえおひとは、わたしが紺屋に嫁いでいたころからの顔見知りでねえ。じつは、お嫁さんの面倒も見させてもらったんだよ」

甚六はぺこりと頭をさげ、鞴《ふいご》や小道具の提《さ》がった天秤棒《てんびんぼう》を肩から外した。

天秤棒の長さは七尺五寸、通常よりも一尺五寸ほど長い。鋳掛屋は鉛《なまり》や錫《すず》を溶かして鍋釜に穿《うが》たれた穴をふさぐ。その際に火を使うのだが、軒下七尺五寸以内で火を用いる仕事は法度《はっと》で固く禁じられていた。

ゆえに、鋳掛屋には長い天秤棒が必要なのだ。

甚六は荷を降ろすと、天秤棒で軒幅を慎重に確かめた。

間口は九尺とわかりきっているのに、律義に計ってみせる。

生真面目というよりも、融通の利かない男のようだ。

動作も鈍《のろ》い。見ているだけで苛々《いらいら》してくる。

それでも、おまつは親しげに声を掛けた。

「甚六さん、はいこれ、お願いね」

「へえい」

間延びした返事とともに、穴のあいた釜を受けとり、甚六は地べたに座ってさっそく穴の大きさを調べはじめた。

おまつは日和下駄《ひよりげた》を履《は》き、ひょいと敷居をまたいだ。

「昨晩《ゆうべ》はとんだ火事騒ぎだったねえ。そう言えば甚六さん、以前は豊島町に住んでいたんじゃなかったっけ」

「さいです」

「運の良いおひとだよ」

「人生は紙一重ってやつで」

「ほんとうだ、人の運不運は背中合わせだね」

「まったくでやす」

「火事見物には行ったのかい」

「いいえ」

「あら、そう」

「おかみさん、あっしらの隠語で、赤猫《あかねこ》が踊ると申しやす」

「え、何だって」

「火事のことでやすよ。鋳掛屋は見てのとおり火を使う商売だもんで、赤猫が踊ると寿命が縮まりやす」

甚六は鞴を吹いて火を熾《おこ》し、鉛を溶かしはじめた。

おまつは子持《こも》ち縞《じま》の褞袍《どてら》の襟《えり》を寄せ、軒先に屈みこむ。

「あんた、お子は」

「それがまだなんで」

「立ちいったことを聞いてごめんよ。なにせ、ほら、おせちさんとの縁を結んだのは、このわたしなんだからさ」

「そりゃもう、おかみさんにゃいくら感謝しても足りやせん。照降町へ越してこられたのも、おかみさんのご尽力があったおかげでやす。あっしらのことを根掘り葉掘り聞いていただいても、いっこうに構いやせんよ」

甚六はどうやら仕事を終えた。

釜の穴もふさがり、おまつは満足げに微笑《ほほえ》んでみせる。

「はい、これ」

手間賃を払っても、甚六は表情を変えない。

あいかわらず、野呂松人形《のろまにんぎょう》のような蒼白い顔をしている。

「水浅黄の連中が彷徨《うろつ》いているらしいから、あんたも気をつけなきゃだめだよ」

「へ、承知しやした。それじゃ、おかみさん」

甚六は肩を落とし、淋しげな背中をみせた。

七尺五寸の天秤棒を担ぎ、重い足を引きずってゆく。

何か悩み事でもあるのだろうか。

ふと、三左衛門はおもった。

「行っちまったな」

「そうだね。あのひと、のろまの甚六ってからかわれ、みんなに莫迦にされている。だけどね、仕事はきっちりこなすし、女房は大切にするし、あれほど人柄の良い亭主はめずらしいよ」

おまつは溜息を吐き、甚六の消えた木戸を見つめた。

「おせちさんにゃ悲しい過去があってね。そいつを承知のうえで、甚六さんはもらってくれたのさ」

「ふうん」

「何だろうね、おまえさんは。ふうんしか言えないのかい」

「一句浮かんだぞ。芳町《よしちょう》を流す鋳掛屋嫌われる。どうだ」

「さっぱり、意味がわからないねえ」

「芳町ってのは陰間《かげま》の巣窟《そうくつ》だろう。だから、釜の穴をふさいであるく鋳掛屋は嫌われるってわけだ。はは、可笑《おか》しいだろ」

「ぜんぜん」

おまつは刺々《とげとげ》しく言いはなち、部屋にもどってゆく。

三左衛門にしてみれば、偶《たま》さか通りかかった鋳掛屋のことなど、正直、どうだっていい。興味も湧かなかった。

三

夜、長屋は緊迫した空気につつまれた。

水浅黄の囚人がふたり、照降町の木戸内に踏みこんできたというのだ。

赤鼻の異名をとる大家の弥兵衛《やへえ》が血相を変え、おまつに助力を求めてきた。

弥兵衛は日頃から大口を叩いている癖《くせ》に、いざとなると腰が引けてしまう小心者であった。

「頼まれたら否《いや》とは言えない性分だろう、あんた」

慇懃《いんぎん》な態度で迫られ、おまつはむっとする。

弥兵衛は唇もとを尖らせた。

「おまつさん、あんたにも負い目はある」

「どうして」

悪党どもが居座ったさきは、ほかでもない、甚六の部屋なのだ。

「まさか」

「ひとってのは見掛けによらないものだ。真面目なだけが取り柄《とえ》の野呂松人形が、水浅黄の知りあいだったとはねえ。おせちっていう女も、つくづく男運のない女だ。ひとり目の亭主には病気で死なれ、ふたり目の亭主からはさんざ貢《みつ》がされたあげくに捨てられた。あの女が岡場所にいたって噂を聞いたよ。あんたはおくびにも出さなかったけど、知っていたんだろ」

「嘘を吐いたわけじゃないですよ。他人に触れられたくない事情は誰にだってある。おせちさんは、苦しい境遇から見事に立ちなおってみせたんだ。針仕事が得意でね、縫箔屋《ぬいはくや》さんに重宝がられているんですよ」

「おまつさん、その縫箔屋に頼まれたんだろう。おせちに誰か良い男はいないかと」

「そうですよ、こう見えても男女の縁をとりもつ赤縄子《せきじようし》（仲人）ですからね」

「ともあれ、岡場所で働いていた女とのろまの甚六、出逢うはずのないふたりを結びつけたのは、おまつさん、あんただ。まちがいのない夫婦だから、明店《あきだな》を貸してくれ。そう言ってわたしに頭をさげたのも、あんたじゃないか。わたしはね、すっかり騙《だま》された気分だよ」

今さら愚痴《ぐち》を並べられても、どうにもならない。

「こっちにお鉢をまわすおつもりですか」

「何かあったらね、お願いするかもしれないよ」

おまつは、ぐっと怒りを抑えた。

「しょうがないねえ」

太い溜息を吐き、重い腰をあげる。

三左衛門も、付きしたがうしかない。

弥兵衛に先導されて裏木戸をくぐると、甚六の部屋のまえに人集《ひとだか》りができていた。

黄ばんだ腰高障子《こしだかしょうじ》は閉まっている。

「とんでもねえはなしだぜ、水浅黄の昔馴染《むかしなじ》みが長屋に紛れこんでいたとはな」

顔見知りに白い目で見られ、おまつも三左衛門もむっとした。

こういうときに文句を垂れるのはきまって、他人の痛みのわからぬ薄情な連中だ。

「ほらほら、退いてくれ」

弥兵衛は人垣を掻きわけ、腰高障子の手前へすすんだ。

戸を敲いてみると、内側から棘《とげ》のある声で返事がある。

「誰でえ」

声の主は甚六ではない。

弥兵衛は震える声で応じた。

「大家ですがね、ちとお尋ねしたいことがありまして、どうかここを開けてくだされ」

「ふん、大家かい」

人の気配が近づいた。

乱暴に戸が開かれる。

目つきの鋭い小男が、三和土《たたき》のうえに裸足《はだし》で立っていた。

年は三十を過ぎたあたりか、仕着せのうえに夜着をかぶっている。

男は弥兵衛を睨み、遠巻きにする野次馬を端から端まで睨《ね》めつけた。

そして、破《や》れ鍋を叩いたような声で大笑してみせる。

「おいらは子ノ吉《ねのきち》、隠れもしねえ、天下の囚人さまよ。お尋ね者のおれさまにお尋ねしてえことがあるってのか、笑わせるんじゃねえ」

部屋の奥にもうひとり、髭面《ひげづら》の厳《いか》つい四十男が座っていた。

仕着せのうえに黒羽二重《くろはぶたえ》をぞろりと着流し、二枚重ねの蒲団のうえに鎮座している。

おせちの酌《しやく》で酒を呑む様子は、まるで牢名主《ろうなぬし》のようだ。

子ノ吉が「へへん」と胸を張る。

「あちらにおわす茂松《しげまつ》の旦那は無法の松と仰《おつしや》ってな、上州じゃ名の知られた盗人《ぬすつと》一味の首魁《かしら》だったおひとさあ。伝馬町の無宿牢じゃ若隠居《わかいんきょ》の筆頭をつとめていなさる。おめえらのような貧乏人にゃあ、滅多にお目に掛かれねえおひとなんだぜ。火事に感謝しろい」

無法の松という呼称には聞きおぼえがある。

三左衛門は、遠い日の記憶を探った。

弥兵衛はすっかり脅え、ことばも出てこない。

おまつがみるにみかね、一歩前にすすみでた。

「子ノ吉さんとやら、甚六さんはどうしたんだい」

「酒でも買いにいったんだろうよ。へへ、やけに色気のある年増じゃねえか。おめえ、長屋の住人かい」

「そうだよ」

「子は」

「それを聞いてどうすんだい」

「いるんだろう。ひと腹抜いた女の味は、たまらねえって聞くぜ、うひひ」

下卑《げび》た笑いに唾を吐きかけたいところだが、おまつはぐっと怺《こら》えた。

「おめえ、名は」

「まつだよ」

「おまつか、ほれ、茂松の旦那に酌でもしな。甚六のしけた嬶ァの酌じゃあよ、せっかくの酒が不味《まず》くてしょうがねえや」

おせちはちろりの把手《とって》を握ったまま、芯の抜かれた花のように項垂《うなだ》れている。ずいぶんと痩せた女だ。甚六に輪を掛けて顔色が悪く、窪《くぼ》んだ目のしたに隈《くま》ができていた。

「あんたら、甚六さんとはどういう間柄だい」

おまつは冷静を装い、肝心なことを訊いた。

「んなことは、どうだっていいんだよ」

子ノ吉は弥兵衛を押しのけ、おまつの腕を取ろうとする。

薄汚れたその手を払いのけ、おまつは小気味良い啖呵《たんか》を切った。

「悪党に注《つ》ぐ酒なんざありゃしないよ。ここはまっとうなひとたちの住む長屋なんだ。とっとと出ておいき」

「あんだと、このあま」

「撲《なぐ》るのかい、やってみな。番屋に突きだしてやるよ」

切りはなちの身で番屋に突きだされたら、一等重い罪を科せられる公算が大きい。

子ノ吉は振りあげた拳《こぶし》を引っこめ、へらついた調子でつづけた。

「ふへへ、活《い》きのいい年増じゃねえか。益々《ますます》気に入ったぜ。知っているとはおもうがな、おいらたちゃ勝手気儘《かってきまま》が許されている。明後日の暮れ六つまでなら、何をしようがお構いなし。闇に紛れて忍びこみ、おめえの咽喉首《のどくび》を掻っ切ることだってできるんだ。それが嫌ならよ、こっちに来て酒を注ぐんだな。言うとおりにしねえと、あとが恐えぜ」

「ほほう、どう恐いのだ」

三左衛門が裾を割り、おまつを背に匿《かくま》った。

「何でえ、おめえは」

「おまつの亭主だが、文句あるか」

「ふん、亭主は二本差しかい」

「女房をさんざ虚仮《こけ》にしてくれたな。ま、今日のところは抜かずにおいてやる。とっと消えろ」

「野良侍め、腰の差料《さしりょう》は虚仮威《こけおど》しだろうが」

子ノ吉は悪態を吐きつつも、背後に目顔で救いを求めた。

茂松は盃を舐《な》めながら、三白眼《さんぱくがん》に睨みつけてくる。

ただ者ではないなと、三左衛門は察した。

やはり、どこかで見たことのある顔だ。

が、おもいだせない。

どこかで接点があったのか。

「子ノ吉、行くぞ」

茂松は盃を置き、すっくと立ちあがった。

六尺は優に超える巨漢だ。

大股で土間に降りてくる。

「おら、道を開けろい」

子ノ吉が凄《すご》んでみせると、人垣は左右に割れた。

茂松が敷居を踏みこえ、三左衛門と対峙《たいじ》する。

誰もが息を呑んだ。

おまつが、つんと袖を引く。

「おまえさん、気を付けて」

三左衛門は軽く頷《うなず》き、茂松の眸子《まなこ》を静かにみつめた。

動揺は微塵《みじん》も感じられない。どうやら、こちらを見知っていないらしい。

殺気が頂点まで膨らんだとき、茂松が弾かれたように笑いだした。

「ぬはは、せいぜい嬶ァをでえじにしな」

捨《す》て台詞《ぜりふ》をのこし、黒羽二重の袂《たもと》を靡《なび》かせる。

「ふん、意気地のねえ連中だぜ」

子ノ吉は甚六からせしめた鰹縞《かつおじま》の褞袍を羽織り、茂松の背にしたがった。

ふたりが木戸のむこうに消えると、長屋の連中から安堵《あんど》の溜息が漏れた。

「さすがは十分一屋のおかみさんだ」

口々におまつを褒《ほ》めそやし、各々《おのおの》の部屋に散ってゆく。

しばらくして、押し殺したような嗚咽《おえつ》が聞こえてきた。

土間に蹲《うずくま》り、おせちが泣いている。

「おせちさん」

おまつは敷居をまたぎ越え、哀れな女の肩を抱いてやる。

三左衛門は腰を据え、甚六の帰りを待つことにした。

事情を糺《ただ》さねばなるまい。

四

戌《いぬ》ノ五つ（午後八時）になった。

月は冴《さ》え冴《ざ》えと天にあり、流れゆく群雲《むらくも》を刃物のように裂いている。

待てど暮らせど、甚六は帰ってこない。

おせちを独りにできないと漏らすおまつを残し、三左衛門は裏木戸を抜けた。

なにせ、おすずが腹を空かせて待っている。何か食べるものをつくってやらねばなるまい。

夜風は冷たく、身を切るほどだ。

長屋の連中は戸を固く閉じ、部屋に籠もっている。

かぼそい燈明《とうみよう》の灯る稲荷《いなり》の脇を通りぬけたとき、何者かの気配が立った。

ひとつではない。

ふたり、いや、三人か。

「出てこい」

暗がりに声を掛けると、三つの影がばらばら飛びだしてきた。

頰被《ほっかむ》りをすれば、そのまんま盗人ができあがる。悪党面《づら》の連中だ。

頰の瘦《こ》けた蟷螂顔《かまきりがお》の男が一歩踏みだし、黄色い歯をみせて笑った。

「へへ、若隠居におめえをばらしてこいと頼まれてな」

「ほう、無法の松とやらにか。さては、盛相飯《もっそうめし》を食っておる仲間だな」

水浅黄ではなく、三人は垢抜《あかぬ》けた縞や格子《こうし》の着物を纏っている。が、あきらかに、切りはなちになった連中だった。窶《やつ》れた面つきだけは隠しようもない。娑婆に出て羽をのばしていたやさき、茂松に厄介《やっかい》な用事を言いつけられたのだ。

「牢屋内にゃ序列ってもんがあってな。上の者の命令にゃ背《そむ》けねえのよ。背いちまえば、あとで半殺しの目にあわされる。おめえを殺りゃ《や》、恩を売れるって寸法さ」

「なるほど」

「でけえ声じゃ言えねえが、おりゃあこの手で何人も殺《あや》めてきた。瘦せ浪人ひとり殺ることなんざ、朝飯前《めえ》なんだぜ」

「さようか」

「恐かねえのか」

「残念ながらな」

「はったりは通用しねえぜ。風体《ふうてい》を見りゃ、強《つえ》えか弱《よえ》えかはすぐにわかる」

「わしはどっちかな」

「弱えにきまってらあ。でえいち、おめえ、風采《ふうさい》のあがらねえ禿げ鼠だろうがよ」

「なんだと」

おもわず、三左衛門は頭に手をやった。

これで二度目だ。自分は「禿げ鼠」なのだろうかと不安になる。

「覚悟しな」

蟷螂男が匕首《あいくち》を抜き、だっと突きかかってきた。

狙いは左胸かとおもいきや、突如《とつじょ》、白刃を上に払いあげる。

「もらったぜ」

閃光《せんこう》が奔《はし》り、三左衛門の咽喉仏がぱっくり裂けた。

と、見えた瞬間、骨の軋《きし》むような鈍い音が聞こえた。

「うぐっ」

蟷螂男が双眸《そうぼう》を瞠《みは》り、その場に頽《くずお》れてゆく。

「げっ」

左右の仲間が仰《の》けぞった。

三左衛門は胸を張り、すっと襟元を直す。

種を明かせば咄嗟《とっさ》に身を沈め、匕首を躱《かわ》すと同時に、大刀の柄頭《つかがしら》で相手の鳩尾《みぞおち》を突いたのだ。あまりに素早く、誰ひとり三左衛門の動きを見定めることはできなかった。

「案ずるな、すぐに息を吹きかえす。さっさと連れてゆけ」

ふたりの男は及び腰で近づき、地べたに俯《うつぶ》した仲間を引きずった。

長屋の連中は、誰ひとり気づいた様子もない。

「二度と面《つら》を見せるなよ。つぎは命がないぞ」

悪党どもは、尻尾《しっぽ》を巻いて逃げだした。

月は群雲に隠れ、漆黒《しっこく》の闇があたりをつつむ。

そのとき、裏木戸の陰に潜んでいた別の気配も消えた。

「茂松か」

牢仲間を使い、こちらの力量を験《ため》したのだ。
なぜ、そうする必要があったのか。
こちらの素姓《すじょう》を確かめたかったのかもしれぬ。
となれば、やはり、どこかで接点があったのだろうか。
茂松も半信半疑のまま、そのことを疑っているのにちがいない。
いったい、どこで出逢ったのだ。
七日市藩の領内であろうか。
「どこだ」
思いだそうとしても、肝心の場面は浮かんでこなかった。
それにしても、茂松と子ノ吉はなぜ、甚六のもとにやってきたのか。
わからないことだらけだ。
やがて、眠れぬ夜が明けた。
長屋に朝の賑わいが戻ったころ、事情が判明した。

五

切りはなちから二日目。

おまつは親しい長屋の女房たちと交替しながら、一晩中《よっぴて》おせちの世話を焼いた。

「妙な真似をしなけりゃいいけど」

おせちの落ちこみようが尋常ではなく、まんがいちのことを心配したのだ。

が、どうやら、杞憂《きゆう》のようだった。

死ぬなら疾《と》うに死んでいる。岡場所を渡り歩いた苦労が、おせちに柳のような粘り強さを与えていた。

「おせちさんには、どうあっても幸せになってほしいんだよ。今度の一件でね、あらためてそうおもったのさ。おんなじ長屋に不幸な女が暮らしているだなんて、切ないはなしじゃないか。おまえさん、そうはおもわないかい」

巳《み》ノ刻（午前十時）頃、部屋に戻ったおまつと会話を交わしているところへ、下駄屋《げたや》の女房が駆けこんできた。

「たいへんだ、神田の親分さんがやってきたよ」

「岡っ引きが、またどうして」

甚六に火付けの疑いが掛かっているという。

「今朝方、神田でまた小火《ぼや》があったんだって。火元になった露地裏で甚六さんを見掛けた者がいるんだよ。ひょっとしたら、一昨夜の火事も甚六さんの仕業《しわざ》じゃないかってね、お上は疑っているらしいんだ」

「どうしよう、おまえさん」

めずらしいことに、おまつは泣き顔をつくった。

「案ずるな。ともかく行ってみよう」

急いで裏店へむかうと、嬶ァや洟垂れどもが物珍しげに集まっている。

おせちは土間に座らせられ、小太りの岡っ引きに問いつめられていた。

「おい」

三左衛門が呼びかけると、岡っ引きが仁王《におう》のような顔で振りむいた。

「誰でえ、おめえさんは」

「長屋の住人だ。甚六の知りあいでな」

「野郎が立ちまわりそうな場所を知っていなさるのかい」

「いいや、知らぬ」

「なら、用はねえ」

「待て、甚六がやったという証拠《あかし》は」

「やつは鋳掛屋だ。火に詳しい」

「それだけか」

「訴人《そにん》もいる」

「ほう、誰だ」

「そいつは言えねえ。定まり事なんでね」

「訴えた本人が、いちばん怪しいな」

「あんた、十手持《じっても》ちかい。余計な穿鑿《せんさく》はやめたほうがいい」

「そうはいかぬ。隣人の窮地を黙って見過ごせば、末代までの恥になる」

「ふへへ」

岡っ引きは、三左衛門の顔をしげしげと眺めた。

「あんた、浪人者だろう。子に継がせる家はねえんじゃねえのか」

「まあな」

「甚六と知りあって何年になりなさる」

「知りあってまだ浅い」

「それなら、やつがどういう男か知るめえ。六年前、甚六は臭《くせ》え飯を食った。銭両替えの店に押しこみ、三両ばかり盗んだのよ。そんな野郎がまっとうに暮らせるとおもったら、大間違《おおまちげ》えだぜ。火付けをやらかしたとしても、驚く者なんざいねえさ」

岡っ引きは懐中から、一枚の読売を取りだした。

──一筆啓上火の用心。

という大きな見出しではじまる紙面には、神田界隈《かいわい》の絵図が描かれ、朱《しゅ》で点々と×印が付けられている。

昨日、おまつが拾ってきた読売よりも日付は古い。あきらかに、おなじ版元で作製されたものだ。

「こいつはな、玄太《げんた》っていうちんけな野郎がつくった読売さ」

朱は小火があった場所と日時を明示しており、数えてみると六箇所にのぼった。

「霜月の半分だけで、それだけの小火があったのさ」

そして、ついに一昨夜、豊島町辺りの三町が焼かれてしまった。

「おいらの縄張りが、一夜にして焼け野原になりかわったってわけだ」

火事の詳細を告げる昨日の読売は、飛ぶように売れたらしい。

「それで終わりかとおもったら、赤猫野郎は性懲《しょうこ》りもなく、またやりやがった。小火で済んでよかったがな」

神田の十手持ちだけでなく、月番の南町奉行所に属する廻り方も総出で下手人《げしゅにん》を追っている。そうしたなか、甚六が火付けをやったという訴えがあった。

「訴人は水浅黄の連中ではないのか」

三左衛門が鎌を掛けると、岡っ引きは眼差《まなざ》しを宙に浮かせた。

どうやら、図星《ずぼし》らしい。

おおかた、無法の松こと茂松が訴えたのだろうと、三左衛門は察した。

火付けの訴人をやれば、切りはなちで罪一等を減じられるどころか、罪を帳消しにしてもらえることもある。狙いはそれだ。甚六に罪をなすりつけ、おのれは娑婆へ逃れようとしているのだ。

そうだとすれば、茂松はまことの下手人を知っていることになりはしないか。

一昨夜まで牢内にいたのだ。茂松も子ノ吉も火付けに関与できない。

蛇《じゃ》の道はへび、茂松はあらかじめ誰がやったのか知っていた。ゆえに、娑婆へ出てからすぐさま、火付けの下手人と連《つな》絡をとることができた。何らかの条件と引き換えに相談をまとめ、その足で甚六のもとにやってきたのではないか。

大きく的を外してはおるまい。

憶測をめぐらせていると、岡っ引きが早縄《はやなわ》を取りだした。

おせちの肩に手を置き、細い右腕を捻《ひね》りあげる。

「あんた、何すんだよ」

おまつが割ってはいった。

「邪魔すんじゃねえ」

岡っ引きの平手打ちが飛ぶ。

三左衛門がすっと身を寄せ、毛むくじゃらの手首をつかんだ。

捻りあげる。

岡っ引きのからだが、宙に浮いた。

「こ、この野郎、放しやがれ」

「ほれ」

手を放すと、岡っ引きは尻餅《しりもち》をついた。

「痛っ、何しやがる」

「冷静になれ。女房を責めても詮方あるまい」

「責めてみなけりゃ、わからねえだろうがよ」

「南町奉行所に八尾半四郎《はんしろう》という定町廻《じようまちまわ》りがおる」

「それがどうしたい」

「知りあいだ、投句仲間でな。八尾さんに免じて、この場はおさめろ」

半四郎の名前は出したくなかったが、こうでもしなければおさまりがつきそうもない。

岡っ引きの力が、ふっと抜けた。

「くそったれ。おせち、これで済んだとおもうなよ。甚六のやつは草の根を分けてでも捜しだしてやるかんな」

岡っ引きは悪態を吐き、肩を怒らせながら去ってゆく。

三左衛門は腰を折り、置き捨てにされた読売を拾った。

ふと、気づけば、おせちが土間に額《ひたい》を擦りつけ、両手を震わせながら拝んでいる。

「おやめよ、あんたに罪はないんだからさ」

おまつが屈みこみ、おせちの肩を抱きあげた。

「さ、落ちついたら事情を聞かせてちょうだいね」

「は、はい」

やがて、おせちは訥々《とつとつ》と語りはじめた。

「あのひと、きっと恐くなったんです。六年前にお縄になったときの経緯《いきさつ》は、所帯をつまえに包み隠さずはなしてくれました。あのひと、人が良いもんだから、子ノ吉のやつに騙され、罪をなすりつけられたんです」

「子ノ吉って、あの水浅黄にかい」

「はい。小伝馬町の牢屋敷では、そりゃ酷《ひど》い目にあわされたって聞きました。水に浸けられて寒中に抛《ほう》りだされたり、大勢にきめ板で叩かれたり、糞《くそ》の丼《どんぶり》まで食わされたって……あんな目にだけは二度とあいたくねえと、あのひとは泣きながら訴えました。きっと、牢屋敷のことをおもいだして恐くなったにちがいないんです。だから、あのひとは逃げだしちまったんだ」

甚六は幼いころに双親《ふたおや》を亡くし、酒屋を営む親戚の家に預けられた。丁稚《でっち》小僧になって真面目にはたらき、やっと念願叶《かな》って手代になろうとしていたやさき、小悪党の子ノ吉に声を掛けられた。少しばかり親切にしてもらい、恩を売られたすえ、両替屋強盗の濡《ぬ》れ衣《ぎぬ》を着せられたのである。子ノ吉は甚六の脆弱《ぜいじゃく》な性分を見抜き、最初《はな》から騙すつもりで近づいてきたのだ。

「そうにきまっているんです。わたしは子ノ吉が憎い。でも、あの小悪党がいなければ、甚六さんとは出逢うこともなかった」

運命とは皮肉なものだ。

甚六は三月ものあいだ留め置かれ、生死の狭間《はざま》を彷徨《さまよ》いながらも耐えぬいた。銭屋にも付けいられる隙があったこと、本人が神妙であること等が考慮され、五十敲きの軽い刑で解《と》きはなちとなった。

だが、娑婆に戻ってきたところで帰る場所はない。親戚は冷たく、端金《はしたがね》を握らされて追っぱらわれた。

入墨者《いれずみもの》であることを隠し、必死に生きてゆくしかなかった。

それでも、天に祈りが通じたのか、微かな伝手《つて》をたどって鋳掛屋を訪ねたところ、弟子入りを許された。懸命に仕事をおぼえ、何年か経って独りだちするまでにいたったのだ。

「あのひとは言いました。七尺五寸の天秤棒を担ぐのが、自分の生き甲斐だって。それが何よりも楽しいんだって。それを聞いたとき、わたしは……涙がこぼれてきて、どうしようもなかった」

みずからの不幸とかさなり、甚六へのおもいは深まった。誠実な性分が愛《いと》おしく、少しばかり鈍いところは自分ができるだけ埋めてやろうと、おせちはそんなふうに考えたのだという。

「他人様《ひとさま》からあんなに優しくしてもらったことなど、生まれてこの方、ただの一度もなかった。あのひとを失ったら、わたしは生きていけません」

甚六にとっても、それはおなじことだろう。

傷心の甚六を支えてやることができるのは、おせちしかいない。

「縁を結んでくれたおまつさんには、どれだけ感謝しても足りません」

甚六は独りだちしたてのころ、偶さか紺屋町を流していて、おまつと顔見知りになった。やがて、おまつは紺屋町を離れてしまったが、何年か経って再会した。

一方、おまつはそのころ、懇意《こんい》にしている縫箔屋から、おせちの結婚相手をみつけてほしいと相談を受けていた。

「袖振りあうも他生《たしょう》の縁、躓《つまず》く石も縁の端っていうけれど、何とも因果《いんが》なめぐりあわせだねえ」

まったく、何の因果か、不幸なふたりがせっかく人並みの幸せをつかみかけたとき、甚六を不幸のどん底に陥《おとしい》れた子ノ吉がまたあらわれた。

甚六を火付けの下手人に仕立てあげようと茂松に進言したのは、子ノ吉にまずまちがいない。茂松に恩を売りたいがために、姑息《こそく》な方法をおもいついたのだ。

「下司《げす》め」

断じて許すまいと、三左衛門はおもった。

しかし、今は甚六を見つけるのが先決だ。

捕まれば磔《はりつけ》にされ、火焙りに処せられてしまう。

お上は世間の不安を払拭《ふっしょく》するために、人身御供《ひとみごくう》を捜しているのだ。

甚六が火付けをやっていようがやっていまいが、どちらでもよい。

今は下手人を早々に仕立てあげ、すみやかに罰することが求められている。

三左衛門には、そんな気がしてならなかった。

六

甚六は帰ってこない。

立ちまわりさきの見当もつけられず、ただ、虚《むな》しい時だけがとおりすぎてゆく。

この日、三左衛門は八尾半兵衛から「獣肉《ももんじい》を食べに行かぬか」と誘われていた。ももんじ屋といえば麹町平川町《こうじまちひらかわちょう》、天神様の門前に通じる往来には「山くじら」の看板が軒に並び、黒々とした猪《いのしし》の剝製《はくせい》を軒先に飾った見世などもある。

三左衛門は「けだもの店《だな》」の異称をもつ三丁目に足をむけ、太鼓暖簾《たいこのれん》に「甲《こう》州屋《しゅうや》」と染めぬかれたももんじ屋の敷居をまたいだ。

床几《しょうぎ》の奥から疳高《かんだか》い声が掛かった。

「遅い、何をしておる、この大莫迦者め」

腹を空かせた老爺《ろうや》がひとり、茹《ゆ》で海老《えび》のような顔で座っている。

髪も眉も真っ白で、見るからに頑固《がんこ》そうな老人だ。

八尾半四郎の伯父《おじ》、半兵衛である。

「早う来ぬか。ここに座れ」

「は」

「親爺、肉を持て。熱燗《あつかん》も忘れずにな」

「へえい」

仕込みに忙しい親爺の姿は見えず、返事だけが聞こえてくる。

見世は繁盛しており、割下《わりした》の甘い香りが漂ってきた。

半兵衛は、自身も長らく南町奉行所の風烈見廻《ふうれつみまわ》り同心を務めた。家を継ぐ子に恵まれなかったので、御家人株《ごけにんかぶ》を売って隠居した。その金で変わり朝顔だの万年青《おもと》だの高価な鉢植えを集め、今ではその道の権威として知られている。長年連れ添った妻には先立たれたものの、五年におよぶ失意の時を経て、おつやという心根の優しい女性と知りあい、下谷同朋町で悠々自適《ゆうゆうじてき》の暮らしを営んでいた。

「さきに飲《や》っておったぞ」

「どうぞどうぞ」

三左衛門は軽くなったちろりを握り、盃に注いでやった。

「こう寒いと、からだが冷えて敵《かな》わぬ。獣肉でも食わねばもたぬわい、のう」

半兵衛は美味《うま》そうに酒を舐め、目尻に深い皺《しわ》をつくる。

そこへ、七輪《しちりん》と小鍋が運ばれてきた。

「へい、おまちどおさま」

胡麻塩《ごましお》頭の親爺は割下の敷かれた小鍋ふたつを七輪に掛け、血の滴《したた》るような獣肉と青野菜のたっぷり盛られた大皿を運んでくる。

「ふふ、大振りの寒牡丹《かんぼたん》（猪の肉）じゃ。目でも楽しめようが」

半兵衛はさも嬉しそうに言い、直箸《じかばし》でさっそく猪肉を摘《つま》みあげる。

「じっくり煮込めよ。牡丹は煮込むほどやわっこくなるのじゃ」

「わかっております」

「なんじゃと、口答えいたすな」

「そんな気は毛頭《もうとう》ござりません」

飯代を払うのは半兵衛なので、余計な口出しは控えねばならぬ。

小鍋がぐつぐついいはじめた。

美味そうな湯気が匂いたつ。

「まだじゃ、まだまだ」

口のなかに唾が溜まってきた。

三左衛門は我慢できず、艶めいた肉を箸で摘んだ。

肉汁が滴り、小鍋に落ちてじゅっと音を起《た》てる。

眸子を瞑《つむ》り、口に抛りこんだ。

「むふふ」

おもわず、笑いが込みあげてくる。

「どうじゃ、美味かろう」

「絶品にござりますな」

つづけざまに肉を食い、酒を呑んだ。

「くく、これ以上の幸せはあるまい」

毎度のことだが、半兵衛の豪快な食いっぷりには驚かされる。

還暦《かんれき》を疾うに過ぎた老人とはおもえない。

「冬の獣肉は精力の源じゃ」

「まこと、さようですな」

「わしはまだ枯れておらぬでな。その気になれば、おつやを楽しませてやることもできるのじゃぞ、むほほ」

さすがに、それは強がりというものだろう。

三左衛門は酔いにまかせ、戯《ざ》れ句《く》を詠《よ》んだ。

「ももんじい、食うて息巻くよぼじじい」

「むふふ、こやつ、へぼ句を捻りおったな」

半兵衛は上機嫌で、怒りもしない。

ふたりは大笑しながら、大皿の肉をぺろりと平らげてしまった。

腹ができあがると、憂鬱《ゆううつ》な気分が舞いもどってきた。

半兵衛は入れ歯を外し、親爺に持ってこさせた湯吞みのなかで洗う。

口をもごつかせながら入れ歯を塡《は》め、湯吞みの湯をそのまま吞んだ。

ごくんと、皺の垂れた咽喉を鳴らす。

「おえっ」

三左衛門が渋い顔をするや、ぎろりと睨みつけてきた。

「浮かぬ顔じゃな、心配事でもあるのか」

「ええ、まあ」

昨晩からの経緯を、かいつまんではなしてやる。

「ふうん、そんなことがあったのか」

「半四郎どのの名を勝手に拝借してしまいました」

「なあに、減るものでもなし、かまわぬ。それより、鋳掛屋の行方が案じられるのう。火付けをやっていようがいまいが、捕まれば助からぬぞ」

「やはり、そうでしょうか」

「こたびの一件は、吟味方《ぎんみかた》の筆頭与力どのが直《じか》にご詮議《せんぎ》なされよう。鬼与力どのが黒と申せば黒、白でも黒に変えられてしまう。慎重な取調べをおこなうよう、半四郎に願いださせてもよいが、まず役には立つまい。廻り方の同心風情が口出しのできる相手ではないからのう」

「そうでしょうな」

「わしが言うのもなんじゃが、捕まらぬことが肝要じゃ。鋳掛屋の立ちまわりさきに心当たりはないのか」

「肝心の女房が心当たりはないと申しております」

「ふうむ、ならば、せめて下手人の目星だけでもつけておかねばなるまいのう」

「そう仰《おっしゃ》られても」

「見当もつかぬか」

「面目ありません」

「焼け跡には足をむけたのか」

「いいえ」

「手懸かりが落ちておるかもしれぬぞ」

「はあ、そのかわりと申しては何ですが、こんなものが」

三左衛門は懐中から、二枚の読売を取りだした。

おまつが火事場で拾った一枚と、岡っ引きが捨てた一枚である。

「ほほう、ようできておる」

半兵衛は二枚の読売を見比べ、にやりと笑った。

「おなじ版元で刷られた読売じゃな」

「そのようです」

「おぬしも存じておろう。わしは風烈見廻りじゃったからの、火付けに関しては
ひとかどの意見をもっておる」

「はあ」

「火付けをする者にはおおまかに分けて三種類あってな、ひとつは恨《うら》みじゃ。特定の相手に狙いをさだめて家を焼こうとする。ふたつ目は火を付けて面白がる輩じゃ。こやつらは自分がやったことを世間に知らしめようとする。わざと焼け跡に証拠を残すのよ。そして、三つ目は何かと申せば、金と名誉のために一線を越えてしまう連中のことじゃ。火事で儲《もう》かる者がおってな、たとえば焼け跡に家を建てる大工や材木商などがそれじゃ。名誉ということなら、筆頭は火消しどもじゃな」

消口の功名を争うあまり、消口にわざと火を呼びこむ呼火《よび》、火の粉が降ってきて発火したようにみせかける継火《つぎび》、仕舞いには付け火までやる連中がいるという。

「これが存外に多い」

「知りませなんだ」

「金儲けと申せば、この読売にしてからがそうじゃ。火事が起きれば、読売は飛ぶように売れる。それがわかっておれば、みずからの手で火を付けたくなる。欲深い人の心というものじゃ」

「なるほど」

三左衛門は頷き、膝を乗りだす。

「絵図を見てみよ。朱で記された小火の位置を結ぶと、ほれ、このとおり、まんまるの円になる」

「ほう」

半兵衛の指摘どおり、火事の火元となった豊島町を中心にして、六箇所の小火は円の上にほぼ等間隔で点在している。

「抜け道や抜け裏を知り尽くした者の仕業じゃろう。この絵図を描いた張本人、読売屋もそのひとりじゃ」

当て推量にすぎないとはいえ、遠からず当たっているような気もする。

「半四郎の手下に、廻《まわ》り髪結《かみゆ》いの御用聞きがおったじゃろう。名は何というたか」

「仙三《せんぞう》ですな」

「おう、そうじゃ。さっそく、仙三に調べさせてみよ」

「は」

「ふふ、どうじゃ。肉を食いに来た甲斐があったであろうが」

「たしかに、ございました」

三左衛門は、腹の底からそうおもった。

「もちっと肉を食うか」

「いえ、もう結構です」

「ふむ、されば行くがよい。鋳掛屋の濡れ衣を晴らしてやれ」

「は」

三左衛門はぺこりと頭をさげ、大小をつかんで腰をあげた。

七

囚人の切りはなちという措置《そち》は、牢屋奉行の役目を世襲する石出帯刀《いしでたてわき》の英断で生まれた。

明暦《めいれき》三年（一六五七）の振袖《ふりそで》火事で小伝馬町一帯も災禍《さいか》を蒙《こうむ》った際、囚人たちが焼け死ぬのを見るに忍びず、石出帯刀の独断で牢屋が解放されたのだ。

たかだか三百石の牢屋奉行に、何百人もの悪党を解きはなつ権限はない。当時は町奉行所が牢屋の鍵を管理しており、解放するにしても全牢の錠を壊すしかなかった。

石出帯刀はそれをやったのである。囚人たちは罪一等を減じられるという好条件にも惹《ひ》かれたが、牢屋奉行の俠気《おとこぎ》を意気に感じ、三日後、ひとりのこらず戻ってきたという。

爾来《じらい》、石出帯刀の英断は慣例となる。お上も世間にたいして、懐中《ふところ》の深いところを見せた。

一方、牢屋内の仕置きは、けっして甘いものではない。なかでも、大牢《たいろう》と無宿牢はこの世の地獄と恐れられた。

甚六もおそらく、名状しがたい恐怖を味わったことだろう。

牢内の板壁には、水と糠味噌漬《ぬかみそづけ》の四斗樽《しとだる》が並んでいる。雪隠《せっちん》は隅っこに露出し、味噌樽の臭気や囚人たちの汗と相俟《あいま》って、内部には異臭がたちこめていた。

新入りはまず異臭を嗅いだ途端、気絶しそうになる。そして、蔓《ツル》と呼ぶ袖の下を所持していないと、即刻、酷い目にあわされた。寒い季節ならば丸裸に剝かれ、味噌樽の滲《にじ》み汁を塗りたくられたうえ、板間に放置される。つぎに、きめ板を手にした連中に背中や腹や四肢を叩かれる。これを背割りという。

さらには、糞を無理矢理食わされる。

牢内は名主を筆頭に厳格な身分制が敷かれている。新入りに糞を食わせる際は、詰《ツメ》の本番と呼ぶ雪隠係がその場を仕切る。二番役に「新入りにご馳走を」と命じられると、詰の本番は手下に指示し、山盛りの糞丼をつくらせる。激しく抵抗する新入りはきめ板で背中を叩かれ、口がひらいたところに糞をねじこまれた。

もはや、私刑である。娑婆で遺恨のあった者、たとえば御用聞きなどが牢屋にぶちこまれると、例外なく半殺しにされる。あるいは、収容人数が過剰になると、夜中にひっそり人減らしがおこなわれた。やり方は蒲団を使って窒息させるのだが、これを作造り《さくづくり》などと呼ぶのだ。

誰に教えられたわけではないが、三左衛門でさえ牢屋がこの世の地獄であることを知っている。地獄を体験した者が恐ろしい記憶を呼びさまされ、すがたを消してしまうのも無理はなかろう。

夜になっても、甚六は帰ってこなかった。

おせちばかりか、おまつの憔悴《しょうすい》も著《いちじる》しい。

三左衛門は夕刻、神田豊島町の火元に足をむけてみた。

しかし、これといった証拠はみつけられなかった。

焦りが募《つの》るばかりで、良い思案は浮かんでこない。

いたずらに時だけが過ぎていった。

切りはなちの最終日となる三日目の朝を迎えるころ、御用聞きの仙三があらわれた。

「へへ、ごめんなすって」

元来は柳橋で夕月楼という茶屋を営む金兵衛の子飼いだが、今は半四郎の手下をやっている。廻り髪結いなだけに、裏の事情には詳しい。おまつの実弟である又七《またしち》の幼なじみでもある。頭の回転が速く、重宝な男だ。

仙三はどうやら、一晩中調べまわってくれたらしい。

「すまなかったな、恩に着る」

「なあに、浅間の旦那の頼みなら無下《むげ》にゃできやせん。それより読売屋の玄太、ご指摘のとおり、怪しい野郎でしてね」

「ほ、そうか」

「そもそもは無宿者で、二年前まで石川島《いしかわじま》の寄場《よせば》（人足寄場《にんそくよせば》）におりやした。そのとき、おんなじ釜の飯を食った悪党仲間に、独楽鼠《こまねずみ》に似た男がいたそうで」

「子ノ吉か」

「ご名答」

「繋《つな》がったな」

「さすが、下谷のご隠居は読みが鋭い。まだまだ、耄碌《もうろく》しておられやせんぜ。これはあっしの勘ですがね、火付けをやっていたな、玄太にまずまちげえねえ。読売を売って儲けるために、一線を越えたんだ、あの野郎」

そして、切りはなちのあと、子ノ吉の仲立ちで茂松と玄太は逢った。

玄太には金銭が支払われ、三人は甚六に罪をかぶせる算段を詰めた。

「ふむ、筋が読めたな」

「そうとわかりゃ、八尾の旦那にお願いして、玄太をしょっ引いてもらいやしょう。叩けばきっと埃《ほこり》が出てきやすよ」

「そうだな。だが、もう少し待ってみよう。甚六の無事を確かめてからでも、遅くはあるまい」

「敵さんも、血眼《ちまなこ》になって捜しておりましょう」

「困ったな」

空が白々と明け初めた。

井戸端に降りた嘴太鴉《はしぶとがらす》が、間抜けな声で鳴いている。

おせちはふっと顔をあげ、頬を紅色に染めた。

「ひょっとしたら、竹町《たけちょう》の渡し小屋かもしれません」

唐突《とうとつ》に吐き、半泣きの顔をむけてくる。

三左衛門もおまつも、身を乗りだした。

「竹町の渡し小屋か」

「はい。いつぞやか、あのひとに教えてもらったことがありました。酒屋の丁稚をやっていたころ、冬場、かじかむ手で空樽を拾っていると、渡し場の船頭さんがいつも声を掛けてくれたのだそうです。がんばれよ、と。そのことばを励みに歯を食いしばったのだと、あのひとは涙ながらに言いました。すみません、こんなだいじなことを忘れちまっていて」

「いいや、よく思いだしてくれた。さっそく行ってみよう」

「はい」

返事をしたそばから、おせちは屈みこんだ。

手で口を押さえ、土間の隅っこに駆けこむ。

苦しげに嘔吐《おうと》する様子を眺め、三左衛門とおまつは顔を見合わせた。

「おまえさん、つわりだよ」

「そうか」

おまつはおせちを介抱《かいほう》し、落ちついたところで訊いた。

「甚六さんはご存じなのかい」

「いいえ、まだ」

「何で言わないの」

「わたしも知ったばかりなんです。嬉しくて、いつ告げようかって迷っているうちに、つい、言いそびれてしまって」

せめて、そのことを知っていれば、甚六も姿を消すことはなかっただろう。

「やっぱり、わたし、運のない女なんです」

「あきらめるのは、まだ早いよ」

おまつはおせちを宥《なだ》めつつ、三左衛門を仰ぎみた。

「おまえさん、わたしはおせちさんとここに残る。仙三さんと竹町の渡し場までひとっ走り行ってきておくれ」

「合点承知之助《がってんしょうちのすけ》、へへ」

三左衛門が応じるまえに、仙三が口を挟んだ。

竹町の渡し小屋は、吾妻橋《あづまばし》の西詰めにある。

鎧《よろい》の渡しから猪牙《ちょき》を使おうと、三左衛門はおもった。

八

冷たい川風にさらされながら、大川《おおかわ》を矢のように遡上《そじょう》した。

雪催《ゆきもよ》いの空は鉛色に閉ざされ、一条の光明すら射しこむ隙はない。

照降町の裏木戸を抜けたとき、板塀に小便を引っかけている小男の後ろ姿を見掛けた。

あきらかに、それは子ノ吉であったが、抛っておいた。

子ノ吉が見張っているということは、甚六が少なくとも敵の手に渡っていないことを意味する。安心材料でもあった。

凍《い》てつく川面《かわも》をみつめていると、不吉な考えが脳裏《のうり》を過《よぎ》った。

この寒さで川に身を投げれば、十中八九、死ねるだろう。

甚六はすでに、生きていないのではないか。

おまつもおせちも口には出さなかったが、最悪の事態を一度ならず浮かべたはずだ。

今は祈るしかない。

甚六の女房は新たな生命を育んでいる。

子を孕んでいると知り、甚六を救いたいおもいは募り、切実なものに変わった。

もはや、他人事ではない。甚六とおせちには、どうしても幸福をつかんでほしかった。

そのためには、疫病神《やくびょうがみ》をどうにかしなければならない。

子ノ吉はおそらく、竹町の渡し場に姿をみせるだろう。

甚六が小屋に潜んでいるいないに拘《かかわ》らず、子ノ吉の始末をつけようと、三左衛門はおもっていた。

「浅間の旦那、もうすぐ着きやすぜ。竹町の渡しでさあ」

「ふむ」

仙三の呼びかけで我に返ったが、咽喉の奥に刺さった小骨のように気に掛かることがあった。

無法の松こと茂松の素姓である。

おぼろげに甦《よみがえ》ってきたのは、火の記憶だった。

それが裏長屋に咲いた柊《ひいらぎ》の白い花の芳香とかさなった。

七日市藩の陣屋に火を付けて火焙りになった奥女中は、馬上にて市中引きまわしの際、なぜか柊の枝を身に巻かれていた。葉の棘《とげ》で皮膚を裂かれ、薄衣に血が滲んでいたのだ。

奥女中は陣屋が火に巻かれるなか、哄笑《こうしょう》しながら半裸で廊下を走りまわったという。炎を目のあたりにしながら、巫女《みこ》が鈴の付いた榊《さかき》を振るがごとく、柊の枝を振りつづけた。ゆえに、引きまわしの際も柊の枝を巻かれていたのだ。

奥女中の名はたしか、芳乃《よしの》といった。

殿様の子を懐妊《かいにん》しておきながら、生きてこの世に生みだすことはできなかった。

芳乃の不運に市井《しせい》のひとびとは同情を禁じ得なかった。陣屋が焼けつくされてもなお、磔場《はりつけば》にむかう奥女中の哀れなすがたは、沿道に立つひとびとの涙を誘ったのである。

三左衛門もそのとき、複雑なおもいで沿道に立っていた。

今になってどうしたわけか、馬上に揺られる奥女中の記憶が甦ってきたのだ。

が、茂松のすがたは記憶にない。肝心なことを思いだせずにいる。

「旦那方、着きやしたぜ」

猪牙の船頭が、渡し場の杭《くい》に艫綱《ともづな》を引っかけた。

竹町の渡しは、浅草材木町《あさくさざいもくちょう》と本所中之郷《なかのごう》を結ぶ。材木町を竹町と俗称するところから、呼び名が付いた。古くは花形《はながた》の渡し、業平《なりひら》の渡し、あるいは、駒形《こまがた》の渡しとも呼ばれ、下総佐倉《しもうささくら》へ抜ける街道筋にもあたっている。

眼前には吾妻橋の橋桁《はしげた》が聳《そび》え、遥《はる》かな高みに欄干《らんかん》がみえた。

空は一面凍りつき、周囲はしんと静まりかえっている。

広小路の喧噪《けんそう》も聞こえてこない。

まるで、土手下の渡し場だけが、この世から隔絶されているかのようだ。

甚六はきっといる。

三左衛門は確信を深めた。

「仙三、小屋は」

「あそこに、ちゃんとありますよ」

朽《く》ちかけた渡し小屋には、炊煙《すいえん》が立ちのぼっていた。

ふたりは目顔で頷きあって別れ、三左衛門だけが小屋にむかった。

扉代わりの莚《むしろ》を捲《めく》って内を覗くと、皺顔のくたびれた老人がひとり、囲炉裏《いろり》に薪をくべている。

三左衛門は土間に踏みこんだ。

老人は関心をしめさない。

「すまぬが、尋ねたいことがある」

声を掛けても、顔をあげようとしない。

仕方なく、上がり框《かまち》に腰を掛けた。

老人がちらっと目を寄こす。

「耳が遠いもんでな」

嗄れた声で、そう応えた。

迷惑顔をされても、いっこうに気にならない。

雪駄《せった》を脱いで板間にあがり、囲炉裏に両手を翳《かざ》す。

自在鉤《じざいかぎ》に掛かった鍋が、美味そうな湯気をあげていた。

「ほう、蜆《しじみ》の味噌汁か。一杯貰ってもよいかな」

老人は欠《か》け椀《わん》を取りだし、無言でよそってくれた。

「すまぬ」

ずずっとひと口啜《すす》ると、冷えたからだに生気が甦ってきた。

何気なく、小屋のなかを眺めわたしてみる。

部屋はひとつで屋根裏部屋もなく、潜むことのできそうな場所はない。

三左衛門は老人に顔を近づけ、大声で切りだした。

「わしは浅間三左衛門、照降町の裏長屋に住む痩せ浪人だ。つかぬことを尋ねるが、甚六という鋳掛屋を知らぬか」

「え、なんですって」

「甚六だよ。匿《かくま》ってはおらぬか」

「さあ、知りやせん。あっしはただの小屋番で、三年前から棹《さお》も握れねえ耄碌爺になっちめえやした。渡し小屋に置いていただけるなあ、仏さんの思《おぼ》し召しでごぜえやす」

「遠慮することはない。あんたは何十年も竹町の渡し守をやってきた。小屋はあんたの家もおんなじだ」

「滅相《めっそう》もごぜえやせん」

「何百何千という人が、親爺さんの渡し船で大川を渡った。親爺さんが何気なく掛けたことばに救われた者も大勢いる。甚六もそうだ。あんたは甚六の凍える心に、ぽっと火を灯してやった」

老人の顔に変化はない。目鼻が皺に埋まっており、表情の読みとりようがなかった。

「甚六は小屋を訪ねてきたんだろう。あんたに救いを求めたはずだ。ちがうかね」

「お武家さま、あっしは耳がよく聞こえねえ。申し訳ねえが、はなしの中身はほとんどわかりやせん」

帰ってほしいと促され、三左衛門は詮方なく腰をあげた。

別の気配が潜んでいるのを、さきほどから察している。

耳を澄ませば、鼓動《こどう》の高鳴りすら聞こえてきそうだ。

床下か。

三左衛門は、一段と声を張りあげた。

「馳走になったな。もし、甚六を見掛けたら、やつに伝えてほしい。何ひとつ案ずることはない。長屋でおせちが待っている。どうしても報せたいことがあるらしいと、そう伝えてくれ」

老いた渡し守は返事をするかわりに、深々とお辞儀をしてみせる。

囲炉裏の火の粉がはじけ、三左衛門の眉毛《まゆげ》を焦がした。

突如、脳裏に閃光が奔る。

思いだしたのだ。

——芳乃、芳乃。

と叫びながら、月代頭の侍が沿道から飛びだしてきた。

芳乃の兄だ。御旗組《おはたぐみ》に属する軽輩だった。奥向きにあがった妹が殿様の御子を身籠もると、組頭に出世した。ところが、妹の火付けで運命は暗転し、家名は断絶、兄も沙汰《さた》がくだされるまで謹慎《きんしん》せよとの命を受けていた。

——芳乃。

兄は命を無視し、引きまわしの場にあらわれた。半狂乱の体《てい》で妹の名を叫びながら、馬の尻に縋《すが》りついたのだ。

怒り狂う兄の顔と、茂松の顔がかさなった。

兄はその場で捕縛《ほばく》されたものの、数日後、牢を破った。

そして数年後、上州一円に名を馳《は》せる盗人一味の首魁《しゅかい》になった。

——無法の松。

風の噂に聞いた悪党の異称を、三左衛門ははっきりと思いだした。

九

外へ出ると、白いものがちらちら落ちてきた。

「雪か」

橋桁の陰に隠れた汀《みぎわ》に、腐りかけた小舟が浮かんでいる。

「あれにするか」

三左衛門は、片眉を吊りあげた。

「旦那、浅間の旦那」

小屋の裏手で、誰かが呼んでいる。

駆けつけてみると、仙三が子ノ吉の背中を押さえつけ、右腕を捻りあげていた。

「旦那、独楽鼠がおりやしたぜ」

「ふむ、でかした」

仙三は早縄を取りだし、抵抗する相手を後ろ手に縛りつけた。

縛られた子ノ吉は地べたに胡坐《あぐら》をかき、しょぼくれるどころか居直ってみせる。

「痩せ侍め、おいらをどうしようってんだ」

「どうしてほしい」

「ふん、殺ろうってのか。おいらが帰えってこねえとなったら、水浅黄の連中が騒ぎだすぜ。なにせ、悪党の見本市だ。弾けた野郎が照降町の糞溜めに火を付けても知らねえかんな」

「どぶ鼠の脅しは聞き飽きた」

「あんだと」

「おぬしのせいで、甚六は人生を棒に振りかけておる」

「へん、あんな屑《くず》野郎、生きてたって世の中の足しにもなりゃしねえや」

「本気で言っておるのか」

「ああ、本気だよ」

「性根の腐った野郎だな。甚六には待っている者がおるのだぞ」

「くたびれた嬶ァのことか。ありゃ岡場所の女だぜ。根津《ねづ》の女郎屋で見掛けたことがあるのさ。のろまの甚六にゃ似合いの相手かもしれねえがな、けへっ」

三左衛門は拳を固め、子ノ吉の顔に埋めこんだ。

「ぶひぇっ」

鼻の骨が折れ、鼻血が散った。

「い、痛え……や、やめてくれ」

「小悪党め、おぬしなんぞに、まっとうな人の幸せを奪われてたまるか」

「く、くそったれ」

子ノ吉の顔色が、徐々に蒼褪《あおざ》めてゆく。

「た、頼む……え、回向院に、帰えしてやってくれ」

「こんどは泣き落としか」

「おいらは……な、何もやってねえ」

「世の中、そんなに甘いものではない。お天道様《てんとうさま》はな、ぜえんぶお見通しなんだよ」

「い、命だけは……す、助けてくれ」

「案ずるな。おぬしを斬ったところで、刀の錆《さび》になるだけのはなし」

「ど、どうする気だ」

「なあに、地獄行きが少しばかり延びるだけさ」

三左衛門は、すっと身を寄せる。

「うっ」

子ノ吉は当て身を食わされ、気を失った。

あとは簀《すま》巻きにして雁字搦《がんじがら》めに縛り、猿轡《さるぐつわ》と目隠しをほどこして、さきほどの小舟に転がしておけばよい。

簀巻きにすれば、凍え死ぬこともなかろう。

いずれ、誰かが見つけてくれる。

ただし、子ノ吉には土壇場《どたんば》が待っている。

暮れ六つまでに回向院へ戻らなければ、どのような理由があろうとも打ち首は免れないのだ。

哀れな気もするが、そうされるだけのことはやってきた。

悪事の報いは、潔《いさぎよ》く受けねばなるまい。

「さらば」

小悪党は簀巻きにされ、小舟のうえに転がされた。

雪は降りつづいている。

川面に立った漣《さざなみ》が、橋桁にちゃぽんとぶつかった。

「旦那、あれを」

仙三が、囁きかけてくる。

「ん」

小屋のほうから、大柄の男がひとりあらわれた。

「ずいぶん、痩せちまったな」

別人に見えたが、鋳掛屋甚六にまちがいない。

三左衛門は、白い薄化粧のほどこされた枯草を踏みつけた。

十

暮れ六つまでに戻ってきた者は、罪一等を減じられる。

回向院の境内《けいだい》には、牢屋奉行の配下が総出で集まっていた。

牢屋敷は延焼を免れたので、何も回向院に集まる必要はなかったが、切りはなちの際に告げたのだから仕方ない。仕着せでの参集が義務付けられており、時の経過とともに、水浅黄の連中が境内に集まってくる。

これを見物しようと、物見高い野次馬どもが人垣をつくった。

囚人どもは勘違いしているようで、天下の英傑にでもなった気分で意気揚々《いきようよう》とやってきた。手を振りながら参道を歩む者まである。

雪は斑《まだら》に降りしきり、人の輪郭《りんかく》すら見極め難くなってゆく。

野次馬たちも寒さに耐えかね、三々五々、家路につきはじめた。

三左衛門はひとり喧噪から離れ、門脇に立つ石灯籠《いしどうろう》の陰に身を潜めていた。

じりじりとした時が過ぎ、鼠色刻《ねずみいろどき》も間近になったころ、黒羽二重を羽織った茂松が悠然とあらわれた。門前で羽二重を脱ぎすて、水浅黄になって境内に踏みこむつもりだろう。

そうはさせぬ。

三左衛門は物陰から抜けだし、行く手をふさいだ。

茂松が足を止める。

突風が吹きぬけ、ふたりの裾をめくりあげた。

「誰かとおもえば、あんたか」

「子ノ吉は戻ってこぬぞ」

「ふん、そうらしいな」

「なぜ、甚六を塡《は》めようとした」

「塡めやすい阿呆《あほう》だったからさ」

「読売屋の玄太も仲間か」

「あんな屑野郎は仲間なんかじゃねえ」

「利用したにすぎぬ、ということだな」

「生きぬくためにゃ何だってする。おれはそうやって、今の今まで生きてきた。がよ、今度ばっかしゃ、とんだ疫病神に関わっちまったようだぜ」

「やはり、わしのことを知っておったのか」

「最初《はな》からじゃねえさ。思いだしたときゃ後の祭り、訴人をやったあとだった。そうなりゃ後に引けねえ。ふふ、七日市藩きっての剣客が相手と知りゃ、下手《へた》な小細工は打たなかったぜ。ま、これも運命ってやつさ。あきらめるしかねえ」

「おぬし、芳乃という奥女中の兄であったな」

「ああ、そうだ。妹は七日市藩の阿呆どもに殺された。恨みはまだ消えちゃいねえ」

「どういうことだ」

「毒を盛られたのさ」

大名家の奥向きには、例外なく嫉妬《しっと》が渦巻いている。七日市藩にも、殿様の子をのぞまぬ者が何人もいた。

「芳乃はな、死んだ子を産んで正気を失ったんじゃねえ。毒のせいでおかしくなっちまったのさ」

それが真実だとすれば、同情の余地はある。

茂松もまた、運命に翻弄《ほんろう》された者のひとりなのだ。

「あんた、ほんとうは楠木正繁っていうんだろう。上覧試合を末席で一度目にしたことがあってな。あんたは一尺そこその薪一本で、難敵をつぎつぎに倒していった。胸のすくおもいだったぜ。化政の眠り猫とまで称された御仁が、裏長屋に燻《くすぶ》っていようとはな。あんた、故郷を捨てたのかい」

「ああ」

「どうして」

「人を斬ったのさ」

「へへ、だったら、おれとおんなじだ。あんたにも深《ふけ》え事情があったってわけだな。でもよ、邂逅《かいこう》を懐かしんでるわけにもいかねえんだ。そこをどいてもらうぜ」

茂松は腰を沈め、懐中に手を入れた。

こうなることを想定し、匕首を呑んでいたのだろう。

「おれは是が非でも、その門をくぐらなくちゃならねえ。あんたが何様だろうが、邪魔だてはさせねえぜ」

「茂松よ」

「なんだ」

「おぬし、道をはずしたな」

「ふん、余計なお世話だぜ」

「世の中には甚六のように、墨を入れてもまっとうに生きている者はいくらでもおる。おぬしにも、そうできる機会はあったはずだ」

「おれさまを諭《さと》そうってのか。おれはな、罪もねえ相手を何人も騙してきた。今さら遅《おせ》えんだよ。それっ」

茂松は九寸五分《くすんごぶ》の白刃を閃かせ、猛然と突きかかってくる。

しゅっと、鬢《びん》を削られた。

鮮血が散る。

三左衛門は反転し、一尺四寸の小太刀を抜いた。

銀鼠《ぎんねず》の地肌に濤瀾刃《とうらんば》、茎《なかご》には葵紋《あおいもん》が鑽《き》られている。

刀匠《たくみ》の名は越前康継《えちぜんやすつぐ》、先祖伝来の業物《わざもの》であった。

「いやっ」

気合一声、天にむかって薙《な》ぎあげる。

刹那《せつな》、白刃は峰に返され、首筋を打った。

「うきょっ」

茂松は白目を剝いた。

棒のように倒れかかった半身を支え、三左衛門は物陰に引きずってゆく。

網目のように降る雪が、事の一部始終を覆《おお》いかくした。

茂松の背を石灯籠にもたせかけ、菅笠《すげがさ》をかぶせてやる。

――ごおん。

暮れ六つの鐘が、淋しげに捨て鐘を打ちはじめた。

雪は降りつづけ、茂松の纏う黒羽二重を死出の白装束《しろしょうぞく》に変えてゆく。

強運があれば、生きのびることができるかもしれない。

だが、二度と甚六のまえに顔をみせることはあるまい。

いまごろ、読売屋の玄太は縄を打たれている。

玄太をしぼりあげれば、甚六の疑いは晴れる。

八尾半四郎が仙三から事情を聞き、うまくやってくれるはずだ。

照降町の裏長屋では、おまつが赤飯《せきはん》を炊いて待っている。

甚六とおせちを招き、どうしても祝ってやりたいらしい。

自分のことは棚にあげ、懐妊を祝ってやろうというのだ。

先ほど甚六に、おせちの胎内に新たな生命が宿ったことを告げると、甚六は涙を流して喜んだ。

「わしとしたことが」

貰い泣きしてしまった。

齢《よわい》をひとつ重ねるごとに、涙もろくなってゆく。

「詮方あるまい」

三左衛門は眸子を細めた。

天下の囚人たちは一列に繋がれ、小伝馬町に引かれてゆく。

水浅黄の仕着せが寒々しい。

足取りは重く、鉄《かね》の草鞋《わらじ》を履かされているかのようだ。

雪上に点々とつづく足跡が、回向院の門前から遠ざかっていった。

三左衛門は両手をひろげ、灰色の空を仰いだ。

雪は当分、熄《や》みそうにない。

「根雪になりそうだな」

手のひらを重ねあわせ、白い息を吐きかける。

黒橡《くろつるばみ》の襟を寄せ、三左衛門は後ろも見ずに歩みはじめた。

炭団坂《たどんざか》

一

厚雲が割れ、雪の積もった急坂に朝の光が射しかけた。

眩《まぶ》しい。

目も開けていられないほどだ。

年の暮れも押し迫ったころ、炭団坂の坂下に若い男の死体がみつかった。

「仙三、おめえ、ほとけを知ってんのか」

「へ、名めえだけは」

「そいつは手間《はぶ》が省けた」

定町廻りの八尾半四郎は、凄味のある顔でにやりと笑った。

格子縞の着物に憲法黒《けんぽうぐろ》の巻羽織、六尺豊かなからだつきにくわえ、三座の立役《たちやく》もつとまりそうな鼻筋のとおった顔、粋《いき》な小銀杏髷《こいちょうまげ》で颯爽《さっそう》と歩めば、振りかえらぬ町娘はいない。

「で、誰なんだ、このほとけ」

「八十次《やそじ》といいやす。鍛冶町《かじちょう》にある安房屋《あわや》の手代で」

「安房屋といえば、炭問屋か」

「房総《ぼうそう》産の炭を一手にあつかう大店《おおだな》でしてね、お城に御用炭《ごようたん》を納入する御用達《たし》でもありやす」

半四郎は黙って耳をかたむけながら、莚《むしろ》に寝かされた遺骸のそばに屈みこむ。帯から朱房《しゅぶさ》の十手を抜き、肩をとんとん叩きはじめた。

風貌は若いが、素振りからは老練さも感じられる。年が明ければ二十九、そろそろ嫁取りに本腰を入れねばならぬ年齢だ。ところが、なかなかうまくいかぬ。悪党どもを震えあがらせる不浄役人のくせに、異性にたいしては一本気な純情さを持ちあわせている。となれば、世間が抛《ほう》っておくはずはないのだが、今ひとつ垢抜けない不器用さが縁を遠ざけていた。

気が気ではないのが母の絹代《きぬよ》だ。おなじ廻り方をつとめた父は鬼籍《きせき》に入り、母ひとり子ひとり、八丁堀《はっちょうぼり》の同心長屋で暮らしている。下谷同朋町に半兵衛という口うるさい伯父がいるものの、その半兵衛を除けば親戚付き合いはなきに等しい。それでも、近頃はどこからともなく、月に一度は縁談がもちこまれてくる。そのたびに、半四郎は何やかやと理由を並べたて、ことごとく断っていた。

じつは、好きな相手がいる。

雪乃《ゆきの》という元徒目付《かちめつけ》の娘で、武芸百般に通暁《つうぎょう》し、今は南町奉行直属の密偵をつとめていた。

半四郎は惚《ほ》れると一途《いちず》になる性分だが、恋情《おもい》を相手にうまく伝えられない。何とか伝えようとしても、雪乃はいっこうに振りむいてくれなかった。

そうであればなおさら、恋情だけは募る。

あきらめようとすれば、未練に苛《さいな》まれるのだ。

役目のときはなるべく、雪乃のことは考えないようにしている。

半四郎は遺骸に顔を近づけ、額に刺さった縫い針《ぬいばり》を一本抜きとった。

針は使い古しの折れ針で、針穴が錆《さ》びている。

半四郎は針を摘み、陽光に翳《かざ》してみた。

「御簾屋《みすや》の針だな」

京姉小路《きようあねがこうじ》に本店のある老舗《しにせ》の屋号を口にする。

「旦那、そんなことまでわかっちまうんですかい」

「針は御簾屋にかぎるとな、おふくろさまがいつもつぶやいておるのさ」

「なあんだ」

「どうでもよいが、これじゃまるで、針供養《はりくよう》だな」

遺体の額には、なぜか、数十本の針が刺さっていた。

「旦那、針供養は如月《きさらぎ》八日、まだひと月余りもさきでやすよ」

「そりゃそうだが、針供養としか言いようがねえじゃねえか」

半四郎は渋い顔で漏らし、十手の先端で着物を捲《まく》ってゆく。

「殺《や》ったな、女か」

「痴情《ちじょう》の縺《もつ》れってやつでしょうかね」

「そいつを調べるのが、おめえの役目さ」

「へ」

「仙三よ、何やら駄洒落《だじゃれ》みてえなはなしだぜ」

「と、仰《おつしや》ると」

「惚《ぼ》けちまったのか、ここは炭団坂だぞ」

「あ、そっか」

仙三は鬢《びん》を掻いた。

「炭屋の手代が炭団坂でほとけにされたってわけか。なるほど、こいつはおもしれえ」

「知ってのとおり、このあたりは坂が多い。炭団坂を登って東西に走るのが菊《きく》坂《ざか》。菊坂を突っきり、まっすぐ下りゃあ梨木坂《なしのきざか》だ。菊坂を東に戻って左手に折れれば、振袖火事の火元になった本妙寺《ほんみようじ》の急坂だし、西にむかって左手に折れれば、昼なお暗《くれ》え鐙坂《あぶみざか》だぞ」

鐙坂の西側一帯には松平右京亮《うきようのすけ》（高崎藩《たかさきはん》八万石）の広大な中屋敷があり、菊坂の西端で右手に折れれば胸突坂《むなつきざか》にいたる。

なるほど、起伏に富む本郷《ほんごう》のなかでも、この界隈はとりわけ坂が多い。

「敢えて炭団坂を選んだあたりが、人を食ってんじゃねえか。そうはおもわねえか」

「仰るとおりで。隅《みじ》に置けねえ炭屋の手代が炭団坂で殺された。しかも、針供養の豆腐さながら惨めな恰好で転がされていたとなりゃ、どうしたって世間の注目を浴びちまう」

「そういうこった。この一件は奥が深《ふけ》えぞ」

「へえ、なぜです」

「それがわかりゃ、苦労はねえさ」

半四郎はさきほどから、遺骸を横にしたり、ひっくり返したりしながら、致命傷となった傷痕《きずあと》をさがしている。

「くそっ、ねえな」

「金瘡《きず》ですかい」

「ああ。ひょっとすると、凍死かもしれねえ」

「深酒して酩酊《めいてい》したあげく、坂道から転げ落ちて気を失った。そのまま、冷たくなって朝を迎えたってわけですかい」

「まあな、その線も捨てきれねえってことさ」

半四郎は袖をたくしあげ、遺骸の黒ずんだ腹部に触れてまわった。

「膨らみかけているぜ」

「転んだついでに、臓物《ぞうもつ》が破裂しちまったんじゃ」

「かもな」

「けど、坂道を転げ落ちたにしても、縫い針の件はどう説明なさりやす」

「ほとけの供養だろう」

「まさか。冷たくなった亡骸《なきがら》に、行きずりの女が縫い針を刺していったとでも仰るんで」

「世の中にゃ、あり得ねえとおもうことがよく起きる。おれは何があっても驚か

ねえぞ。仙三、まずは聞き込みだ。炭屋の手代と関わりのある者はいねえか、こ

のあたりを虱潰《しらみつぶ》しにあたってくれい」

「合点承知」

仙三は、ひょいと腰をあげかけた。

「ちょっと待て」

「何でやしょう」

「額をようく見てみな、薄く墨が入れてあるぞ」

「どれどれ、あっ、ほんとだ。墨のうえに針が刺さっておりやすね」

「何と読める」

「えっと、マかな」

「ふむ、おれもそう読んだ」

「佐渡《さど》の罪人がサの字の墨を刺され、播州《ばんしゅう》だか芸州《げいしゅう》だかの罪人が犬の字を刺さ

れるってはなしは聞いたことがありやす。けど、マってなはじめてだなあ」

マの字に沿って、縫い針が密に刺さっているのである。

「何かの呪《まじな》いでやしょうかね」

「そうかもしれねえな」

「北野天神《きたのてんじん》の神主にでも聞いときましょうか」

「おう、ついでがあったら頼まあ」

「へ、それじゃ」

仙三は背中をみせ、雪の急坂をすたすた上ってゆく。

半四郎はほとけに莚をかぶせ、短く経を唱えた。

「南無《なむ》……」

やるべきことをさっさと済ませ、重い腰を持ちあげる。

と、そこへ。

「そばあ……ういい」

朝だというのに、夜鷹蕎麦《よたかそば》の呼び声が聞こえてきた。

「ふふ、ちょうどいいや」

くうっと、腹の虫が鳴いた。

二

鵯《ひよどり》が庭を散策しながら、南天《なんてん》の赤い実を啄《ついば》んでいる。

――ごおん。

暮れ六つ（午後六時）の鐘が鳴り、鵯は驚いて飛びたった。

絹代は縫い物の手を休め、ほっと溜息を吐《つ》く。

「半四郎、今年も終わってしまいますね」

「ええ」

「母の望みがわかりますか。おまえさまの良き伴侶を、この目で早くみたいのです」

また、そのはなしか。

半四郎は胸の裡《うち》で舌打ちし、のっそり腰をあげた。

「どこへ」

「お役目です」

「今からですか」

「はい」

「夕餉《ゆうげ》は」

「さきに済ませておいてください」

はっきり告げないと、絹代はいつまでも食べずに待っている。

ひとりで食べさせるのは可哀相《かわいそう》だが、夜の聞き込みがあるので詮方《せんかた》あるまい。

「本郷の炭団坂で額に縫い針の刺さったほとけが見つかったとか。もしや、その件かえ」

「さようです」

「恐いはなしだこと。でも、世の中にはあり得ないとおもうことがよく起きるから」

半四郎は、はっとした。自分でも知らぬ間に、母の口癖を真似ている。そのことに気づかされたのだ。

「母上、ご案じめさるな」

「お役目に口出しはいたしませぬよ。ひとつ訊《き》いてもよいですか」

「何でしょう」

「雪乃というおなごに未練がおありなのかえ」

「藪《やぶ》から棒《ぼう》に何です」

半四郎は顔を赤らめ、怒ったように切りかえす。

「もし、あるのなら、教えておくれ」

「ありませんよ、そんなもの」

「ならば、どうして縁談を」

「母上、そのおはなし、今でなくてはなりませぬか」

「いつならよいのです。はなしかけようとすると、おまえさまは夏の逃げ水のように逃げてしまうではありませんか」

「考えておきます」

「考えるって、縁談を」

「ええ」

「信じてよいのですね」

半四郎はこっくり頷き、部屋を抜けだした。

冬日和《ふゆびより》の夕暮れは、冷えこみが一段と厳しく感じられる。

巻羽織の襟を寄せ、早足に提灯掛横丁《ちょうちんかけよこちょう》を突っきった。

母の悲しむ顔を見るのは辛い。

いっそ、雪乃をあきらめるか。

いよいよ決断を迫られている。
半四郎は胸苦しくなってきた。
親戚から新たな縁談がもちこまれていることは知っている。
相手はたしか、物書同心《ものかきどうしん》の娘だ。
齢は十九、色白で気だても良く、挿《お》し花《ばな》と琴《こと》を嗜《たしな》むとか。
自分にはもったいないはなしだが、踏みこむ勇気がもてない。
たとえ、新たな家庭を築いたとしても、雪乃を忘れる自信がないのだ。
慕う相手がありながら所帯をもつ。それは妻への背信ではあるまいか。
などと、自問自答しつつも、やはり、すっぱりあきらめる潮時なのかもしれぬ。
所詮《しょせん》、雪乃とは縁がなかった。それだけのことだ。
憂鬱《ゆううつ》な気分であれこれ悩みつつ、日本橋までやってきた。
橋の手前南詰めには、莚の敷かれた晒《さら》し場《ば》がある。
女犯《にょぼん》の僧が三人座っていた。
後ろ手に縛られて棒杭に繋がれ、唇《くち》もとを紫色にしながら震えている。
哀れな連中だ。

三日間晒されたあとは僧籍を剝奪《はくだつ》され、丸裸に剝かれたうえに、唐傘《からかさ》一本持たされて寺から抛りだされる。哀れな運命が待っているのだ。

それでも、本気で惚れた女のせいで破滅するのなら、本望ではないか。

僧たちの顔からは、熱情に冒《おか》されたあとの清々《すがすが》しさすら感じられた。

「旦那」

振りむくと、仙三が髪結いの道具箱を抱えて立っている。

「お待ちになられやしたか」

「いいや、気にせんでいい。何かわかったか」

「へい、炭団坂の途中に仕舞屋《しもたや》がありやして、おはつという若後家が住んでおりやす。八十次はどうやら、若後家のもとに足繁《あししげ》く通っていたらしいので」

「足繁く、か」

半四郎は薄く笑い、ゆっくり歩みはじめた。

仙三が少し離れてあとを追う。

日本橋の大路には大勢の人が行き交っていた。

すでに、ふたりの行く先はきまっている。

神田鍛冶町にある安房屋であった。

「その若後家ってのは何者だ」

　芸者あがりの中年増で、渋皮の剝けたなかなかの別嬪《べっぴん》だという。

「深川《ふかがわ》では初奴《はつやっこ》っていう権兵衛名《ごんべえな》で呼ばれ、人気者だったとか。そいつが二年ほどまえ、小梅園《こうめえん》の主人に請けだされ、後妻になった」

「玉《たま》の輿《こし》に乗ったわけだな」

「へい」

「小梅園ってのは筆屋のことか」

「墨もあつかっておりやした。炭屋の手代が墨屋の若後家に惚れたってわけです」

「ややこしいはなしだな」

「小梅園には跡継ぎもおらず、主人は半年前に店をたたみ、気儘《きまま》な隠居暮らしをはじめやした。そのやさき、ぽっくり逝《い》っちまった」

「ほう」

　家屋敷などの財産はすべて、おはつに相続された。

「なってみるのは殿様と若後家、隣近所に羨《うらや》ましがられていたところに、間夫《まぶ》ができちまったというわけで」

「おはつとは喋ってみたのか」

「いいえ。おいしいとこは旦那のためにとっときましたよ」

「ふん、余計な気遣いをしやがって。よし、安房屋のケリがついたら、炭団坂にまわってみよう」

「かしこまり」

ふたりは、安房屋にたどりついた。

主人が留守なら、明日また訪ねてくればよい。

軽い気持ちで敷居をまたぐと、箒《ほうき》を握った丁稚《でっち》小僧が腰を抜かしかけた。

「何も怖がるこたあねえ、主人は在宅かい」

「へえ」

「ちと呼んできてくれ」

「へえ、お待ちを」

丁稚は奥に消え、入れ替わりに狸《たぬき》の親玉のような五十男があらわれた。

「これはこれは、八丁堀の旦那」

「おう、おめえが安房屋の主人か」

「万蔵《まんぞう》にございます」

「八十次は残念だったな」

「はい。さきほど、亡骸をおさげいただきました」

「額の入れ墨はみたかい」

「何ですか、それは」

「マの字の入れ墨が刺してあんのさ。どうやら、心当たりはなさそうだな」

「ございません」

「手厚く葬《ほうむ》ってやんな」

「かたじけのうございます。明後日《あさって》にでも茶毘《だび》に付そうかと」

「そうかい。暮れの忙《せわ》しねえときに、てえへんだなあ」

「まったくです。迷惑にもほどがある」

「おっと、ほとけの愚痴はやめときな」

「いいえ、言わせてください。八十次は安房屋の面汚《つらよご》しです。丁稚の時分から育ててやった恩を仇《あだ》で返《けえ》しやがった。さっそく、御炭奉行さまから御使者があり、厳しいお叱りを頂戴《ちょうだい》いたしました」

「御炭奉行か、なるほど、おめえのとこはお城に御用炭を納めていたな」

「はい。こたびの一件で信用が落ちれば、御用達の金看板がお取りあげになるやもしれません」

「そうやって脅されたのか」

「い、いえ。脅されたわけでは」

安房屋は口ごもり、喋りすぎたことを悔やんだ。

脅されたうえに、賄賂《わいろ》でも要求されたのだろう。

「ところで、ご用件は何でしょう」

「ふむ、八十次の死に何か心当たりはねえかい」

「ございません。あの」

「何だ」

「やはり、誰かに殺められたのでしょうか」

「わからねえ。深酒したあげく、坂から転がり落ちたのかも」

「八十次にかぎって、それはございません」

「どうして」

「下戸《げこ》でした。酒は一滴も」

「呑めねえか」

「はい」

ならば、殺しの線は濃くなる。

「どうやら、訪ねてきた甲斐《かい》があったらしい。邪魔したな」

半四郎は、ばさっと袂をひるがえす。

「お待ちを」

呼びとめられた。

安房屋が素早く土間に下り、奉書紙《ほうしよがみ》に包んだものを袂にねじこんでくる。

「旦那、どうか、お手やわらかに」

意味深長な台詞《せりふ》を口走り、深々とこうべを垂れた。

半四郎は返事もせず、敷居を越えて外に出た。

袂から奉書紙の包みを取りだし、重さを量《はか》る。

「三両か」

仙三にむかって、無造作に抛りなげた。

「おっと、旦那」

「足労だが、あとで返《けえ》しといてくれ」

「え、あの狸野郎に返すんですかい」

「おれはな、物乞《ものご》い同心にゃなりたかねえんだ」

こんなふうに粋がって見せるので、半四郎の懐中はいつも淋しい。

伯父の半兵衛からは、袖の下のひとつも受けとれぬようでは、いつまで経っても一人前にはなれぬと諭されている。

だが、信念を枉《ま》げたくはない。

袖の下を受けとった瞬間から、研《と》ぎすまされた刃が錆びついてしまうような気がしてならなかった。

大路には商家の軒行燈《のきあんどん》が点々と連なってゆく。

夜の町にちらちらと、白いものが落ちてきた。

三

仙三によれば、若後家の住む仕舞屋は「千両屋敷《せんりようやしき》」と呼ばれていた。

提灯を翳《かざ》して炭団坂を上ってゆくと、道端の藪に赤い実がびっしり生《な》っている。

千両であった。

よく似た草木に万両《まんりよう》がある。葉の下に実を垂らす万両と異なり、千両は折り重なった光沢のある葉の上に真紅の実をつける。正月飾りには欠かせない縁起物だ。

「こいつを盗みにくる野郎が後を断たねえそうで」

よく見ると、株ごと引っこぬかれた形跡が随所に見受けられた。

「そのうち、ぜえんぶ無くなっちまうにちげえねえ」

主人が頓死《とんし》してから、屋敷も荒れ放題になっていた。

まるで、若後家の胸中をあらわしているかのようだ。

「気味が悪いでしょ。化《ば》け狐《ぎつね》が住んでいるかもしれねえってんで、千両泥棒も屋敷にゃ寄りつかねえとか」

「ふうん、それにしたって、女の独り暮らしたあ無用心だな」

入口脇には炭俵が積みあげられてある。

炭は貴重品なので、庶民は一升百文の計り炭を買う。さらに、貧乏人は一個四文の炭団《たどん》を買う。炭団とは売り物にならない炭の粉滓《こなかす》を固めた再生品のことだ。

「淋しい女の独り暮らし。八十次はおはつの冷えた心を暖めるために、せっせと炭俵を運んだってわけか」

「ところが、誰かに殺られちまった」

「金瘡もつけずに、巧妙な手口でな」

「誰でしょうね、殺ったなあ」

「さあ」

半四郎は一歩踏みだし、閉めきられた板戸を敲《たた》いた。

板戸のむこうは、しんと静まりかえっている。

「留守か」

あきらめかけたとき、鼻先に人の気配が立った。

「うわっ」

仙三が仰天《ぎょうてん》し、地べたに尻餅をつく。

片化粧の女が白装束を纏《まと》い、幽鬼《ゆうき》のように近寄ってきた。

「おめえ、おはつか」

半四郎は掠《かす》れた声を発し、腰を落として身構えた。

眼前に立っているのは、魂《たましい》の脱《ぬ》け殻《がら》と化した哀れな女だ。

「何か御用でしょうか」

消え入りそうな声で訊かれ、半四郎は頷いた。

「おめえ、寒かねえのか」

「はい」

「飯はちゃんと食べてんのかい」

「二、三日ものを食べずとも平気です」

「気持ちはわからんでもねえ。災難だったな」

「八丁堀の旦那からそんなふうに慰めていただけるとは、おもってもみませんでした。ともかく、なかへおはいりください」

おはつは板戸を苦もなく開け、冷たい入口にふたりを招きいれた。

長い廊下には燭台《しょくだい》がぽつんと灯っており、板を踏みつけるたびに軋《きし》みをあげる。

廊下のむこうには闇がひろがり、あの世との結界《けっかい》でもありそうだ。

仙三はさきほどから一言もない。ぴったりと半四郎の背中にくっついている。

おはつに導かれたのは、抹香臭《まっこうくさ》い仏間だった。

箱火鉢《はこひばち》に炭火が焚《た》かれ、部屋のなかは暖かい。

なぜか、五徳《ごとく》が逆さに転がっており、そばに鼈甲櫛《べっこうぐし》が落ちていた。

半四郎はほとけに線香をあげ、じっと手を合わせた。

おはつは音もなく席を外し、茶の仕度をして戻ってくる。

仙三ともども熱い茶を啜《すす》ったところで、ようやく人心地《ひとごこち》がついた。

おはつの印象はさきほどと異なり、窶《やつ》れてはいるものの、艶《つや》めいても見える。喪《も》に服することに馴れた女の強《したた》かさすら感じ、最初に抱かせられた同情心は薄れていった。

「さきほどはすみません、驚かしてしまって。庭で空を眺めていたのですよ」

「暗いだけの空をかい」

「いいえ、南の空には鼓星《つづみぼし》が瞬《またた》いておりました。わたしを勇気づけてくれるように」

「星がなあ」

「北辰妙見《ほくしんみようけん》に七つ星、北の空にはいつも妙見菩薩《ぼさつ》がおわします」

「妙見さんを奉じてんのか」

「お亡くなりになった旦那さまに導いていただきました。じつは、旦那さまも空に……北辰妙見の間近におわします」

だとすれば、八十次との逢瀬《おうせ》を天空から見下ろしていたことになる。

「教えてほしいんだがな。昨晩、八十次と逢っていたのかい」

「はい」

「泊めずに帰《けえ》したのか」

「いつもそうです」

「帰したのは何刻頃《なんどき》だい」

「亥《い》ノ四つ（午後十時）きっかりに。鐘が鳴ったらそそくさと、あのひとは帰ってゆきます」

「それも、いつもどおりか」

「はい」

「いってえ、何日ごとに逢い引きをかさねていたんだ」

おはつは「逢い引き」という言葉に反応し、長い睫毛《まつげ》を伏せた。

「七日に一度は訪ねてきてくれました」

小梅園の主人が生きていたころから、八十次は炭俵を届けがてら御用聞きの真似事をやっていたという。

「旦那さまがお亡くなりになり、心が弱くなっているときに、優しいことばを掛けてもらったのです」

おもわず、からだを許してしまったのが最初のあやまちだったと、おはつは嘆いてみせる。

八十次との逢い引きは三月《みつき》におよび、仕舞いには隣近所の目も憚《はばか》らぬようになった。

「妙見さんの罰《ばち》が当たったのです。さもなければ、あのような死に方はなさらなかったでしょう」

「ほとけを目にしたのか」

「はい。旦那方がお調べになられるまえに、八十次さんをみつけたお方が大騒ぎしたものですから、近所じゅうで見にいったんです。そうしたら」

「額に縫い針の刺さったほとけが転がっていた」

「はい」

「おめえも針仕事はするのかい」

「いたします。芸者あがりだからできぬだろうとお思いでしょうけど」

「それなら、針供養も」

「ええ、毎年、世田谷村《せたがやむら》は北沢《きたざわ》の淡島明神《あわしまみようじん》へ参ります。境内に咲く寒牡丹《かんぼたん》を愛《め》でるのが楽しみで」

おはつはすっと立ち、別の部屋から裁縫箱を抱えてきた。

「お疑いなら、ご覧くださいまし」

裁縫箱を開けると、針山に無数の針が刺さっている。

「今年使った針です。ほかにもございます。何なら、ぜんぶお見せしましょうか」

「いいや、結構」

「わたしを疑っておいでなのでしょう」

「そうではない。ただ、八十次がなぜ針山にされねばならなかったのか、そいつが知りたくてな」

「縫い針を刺したおひとが、下手人なんですか」

「そうともかぎらぬ」

むしろ、そうではあるまいと、半四郎は考えていた。

所見でもあきらかだが、縫い針は死体に刺されたものであった。

ただし、下手人ではないにせよ、事情を知る者の仕業であろう。

「悪戯《いたずら》にしては念が入りすぎてやしねえか。よほどの恨みがなけりゃ、あんな真似はしねえ」

「でも、八十次さんは誰かに恨みを買うようなおひとじゃござんせんよ」

「ほう」

「見知らぬ他人のまえでは、いつも子犬のように脅えている。そんな気の小さいおひとでした」

子犬のような男が、若後家にちょっかいを出すのだろうか。

「粉を掛けたのはあんたのほうか。正直に言ってみな」

「そうだったかもしれません。ええ、旦那さまが亡くなり、どうかしていたんです。誰かの優しさに餓《う》えていた。仰るとおり、誘ったのはわたしのほうです。わたしのせいで、八十次さんは死んじまったんだ」

おはつは、泣こうとして顔をゆがめた。ところが、涙は一滴も出てこない。すでに、搾《しぼ》りつくしてしまったのかもしれない。

「わたしにもきっと罰が当たります。もう、覚悟を決めているんですよ。無理かもしれないけれど、極楽へ逝き、旦那さまの隣で星になって輝きたい。それだけが今の望みなんです」

おはつは仏壇に目を遣《や》り、放心してしまった。

多くを語っているようで、肝心なことは何ひとつ語っていない。

存外に強かな女なのではあるまいかと、半四郎はおもった。

四

半四郎は仙三を誘い、担ぎ屋台の暖簾《のれん》を分けた。

夜鷹蕎麦だ。朝から、蕎麦ばかり食っている。

「すぐに腹が減っちまうのさ」

立ったまま、かけそばを二杯たいらげ、半四郎は熱燗を頼んだ。

仙三は洟水《はなみず》を啜りながら、ようやく一杯目を食い終えたところだ。

酒を注いでやると、嬉しそうに喋りだした。

「そういや、神主にはなしを聞いてきやしたよ」

「おう、何かわかったか」

「神道《しんとう》にゃ針を使う蠱物《まじもの》がよくあるんだそうです」

「ほう」

蠱物とは、怨敵調伏《おんてきちょうぶく》、病気平癒《へいゆ》、厄除《やくよ》け、縁結びなどを目途とした呪術《じゅじゅつ》のことだ。神主の説明によると、たとえば、淡島明神の祭神でもある少彦名命《すくなひこなのみこと》の秘伝に、和紙の人形《ひとがた》と針と畳を使った蔭針《かげばり》なる呪法があるという。

また、よく知られたところでは、丑《うし》ノ刻参りがある。こちらは主に怨敵調伏を目途とした呪法で、紙人形の代わりに藁《わら》人形を、針の代わりに五寸釘を使用する。

「封じ物のたぐいかもしれぬと、神主はしかつめらしく言いましてね」

「封じ物」

「何でも、法華経《ほけきよう》に止縛法《しばくほう》というものがあるそうです。除霊法のひとつで、霊の怨念《おんねん》を鎮めるために、木剣《ぼつけん》で宙にムの字を書きながら呪《しゆ》を唱え、生身の人間を霊力で縛りあげるのだとか」

「マではなく、ムの字か」

「そうなんで。何やら、喋っているうちに気味がわるくなってきやした」

ぶるっと肩を震わせる仙三に、半四郎は追い討ちをかける。

「丑ノ刻参りなら、薪能《たきぎのう》で観たことがあるぞ」

「鉄輪《かなわ》でしょ」

「ふむ、鉄輪ってのは五徳のことだ。鬼女と化した白装束の女が、貴船《きふね》神社に藁人形を打ちにむかう。道中、けっしてみられちゃならねえんだが、そのとき、女は五徳を逆さにして頭に載せ、三本の蠟燭《ろうそく》を灯し、裂けた口にゃ櫛をくわえているのよ」

「げっ、若後家の仏間に五徳と櫛が転がっておりやした」

「それだ」

「やっぱし、あの女」

蠱物にしろ、封じ物にしろ、おはつが関わっている公算は大きい。

「神主は言いやしたよ。紙人形や藁人形ならわかるが、ひとの亡骸に針を刺す呪法は聞いたこともない。空恐ろしいはなしだって」

「おはつがやったにしても、狙いがいまひとつはっきりしねえ」

謎を解く鍵は「マ」という額の入れ墨にある。そんな気がしてならない。

「ともかく、腹もできたし、帰えるか」

長い一日が、ようやく終わろうとしている。

ふと、柳橋の夕月楼で恒例の句会があったのをおもいだした。

句会といっても、参加するのは三人だ。夕月楼主人の金兵衛と照降長屋に住む素浪人の浅間三左衛門、そして自分である。

「夕月楼の旦那さまが仰ってやしたよ。今夜は鮟鱇鍋《あんこうなべ》にでもしようかと」

「それを早く言え」

「え、今から行くので。もう、戌《いぬ》ノ刻（午後八時）ですが」

「行かずばなるまいが」

脂の乗った鮟鱇も食いたいし、戯《ざ》れ句《く》も詠みたい。

憂鬱なことばかりで、くさくさしていたところだ。

偶《たま》には気のおけない連中と一夜を明かしたかった。

あのふたりなら、とことん付き合ってくれるだろう。

絹代のことが少し案じられたが、なあに、月に一度のことだ。

ふたりはお茶の水の船着場で小舟を拾い、神田川を矢のように下った。

何のことはない。柳橋は神田川が大川に注ぐ河口にある。

両国広小路《りょうごくひろこうじ》にはまだ香具師《やし》の呼び声が響き、大川の汀《みぎわ》を赤く彩る茶屋の灯りは遊客の心を擽《くすぐ》っていた。

さっそく夕月楼に顔を出してみると、金兵衛と三左衛門はすっかりできあがっている様子だった。

「お、真打ちのご登場だ。屁《へ》放《ひ》りの半四郎こと、屁尾酢河岸《へおすかし》どのがみえられた」

屁尾酢河岸は半四郎の狂号、屁が臭いので付けられた。

赤ら顔の金兵衛は一刻藻股千《いっこくもまたせん》、涼しげな眼差しの三左衛門は横川釜飯《よこかわかまめし》、三人はふざけた狂号で呼びあっている。句会の席は無礼講《ぶれいこう》、役人であろうが貧乏侍であろうが、五分と五分の関わりにあった。

「鍋は空になりましたが、おのぞみならばいくらでも鮟鱇めを吊るし切りにいたしましょう。酒はとびきりの下り酒、灘《なだ》の生《き》一本《いっぽん》に池田満願寺《いけだまんがんじ》、よりどりみどり呑み放題。ささ、どうぞ上座へ、まずは一献《いっこん》」

半四郎は金兵衛に酒を注がれ、すっと盃を呷《あお》った。

三左衛門にも注がれ、これもまた水のように干す。

川下りで冷えたからだが、途端に暖まってきた。

仙三はと見れば、せっせと具を調達し、鍋の仕度をはじめている。

金兵衛が肥えた腹を寄せ、銚子《ちょうし》をかたむけた。

「この時刻までお役目とは、ご精が出ますなあ。仙三から事のあらましは聞いておりますぞ。炭団坂の坂下で縫い針の刺さったほとけが見つかったとか」

「世の中にゃ、あり得ねえとおもうことがよく起きる。それにしても、今度ばかりはめえったぜ」

「それで、ご進展のほうは」

「ま、一日目にしちゃ上出来だろう」

半四郎は、経緯を簡単に説いた。

「なあるほど、仰るとおり、おはつとか申す若後家、いかにも怪しゅうございますな」

「金兵衛もそうおもうか」

「ええ、ほとけに縫い針を刺したな、十中八九、その女にまちがいありませんよ。額の入れ墨も女の仕業でしょう」

「何でそうおもう」

「未練たらしく彷徨《さまよ》う霊を鎮めたかったにちがいない。供養針に託《かこつ》けて、霊の恨みを封じこめたかったのですよ。ただ、額のマの字だけがどうも引っかかる」

「わかるか、その意味が」

「さあ。鮟鱇を食いすぎたせいか、頭がいっこうにまわりませんな。釜飯どのはいかがです」

「さて」

振られた三左衛門は、腕組みで考えこむ。

「よくはわからぬが、判《はん》じ物《もの》かも」

「ほう、判じ物か」

半四郎の目が光った。

「八尾さん、駄洒落ですよ。聞きますか」

「ぜひ」

「マの字に針が刺してあるのでしょう。針にマで、ハリマ。すなわち、答えは播《はり》磨《ま》では。もっとも、地名なのか官名なのか、何をしめすのかはわかりませんけど」

「播磨か」

半四郎も腕組みをして眸子《まなこ》を瞑《つむ》る。

金兵衛が口を挟んだ。

「官名なら播磨守《かみ》ですな。ひょっとしたら、若後家にとって調伏すべき相手なのかもしれない。憎々しい播磨守を呪い殺すため、間夫の亡骸を憑代《よりしろ》に使った。だとすれば邪道も邪道、ひとにあるまじき行為ですな。されども、効能の強さという点では、紙人形や藁人形の比ではないかもしれぬ。いずれにしろ、播磨守に並ならぬ恨みがあると見るべきでしょう」

このふたり、やたらに冴《さ》えているなと、半四郎はおもった。

「しかし、播磨守とは誰なのか、肝心な点はわからず仕舞い」

金兵衛は軽妙な口調で言い、ぺろりと舌を出す。

何よりも、八十次を殺った下手人は誰なのだろう。

おはつはきっと、事情を知っているにちがいない。

もういちど、当たってみる価値はありそうだ。

鮟鱇と野菜の乱切りをぶちこんだ鍋が煮え、美味そうな匂いが漂ってきた。

「ほうら、鍋の底からぐつぐつ沸《わ》いてくる。つぎつぎに新たな問いかけが沸いてくる。酢河岸どののご心境を、ちと詠んでさしあげましょう。よろしいですか、こほっ」

金兵衛は空咳を放ち、朗々《ろうろう》と唸りだす。

「波高し、越える舟なき播磨灘《なだ》……ほほ、いかがです」

「ふうむ、なかなか」

「されば、拙者も」

三左衛門が引きとった。

「若後家の、執念見たり針の山……さ、つぎは酢河岸どの」

「されば。炭俵、運ぶ手代の哀れさよ」

「まったく、可哀相なのは手代ですな。若後家に粉を掛けられ、そのせいかどうかは知らぬが、何者かに殺められ、あげくのはてには針山にされちまった」

「金兵衛の申すとおりさ。真相を暴《あば》いてやらねば、八十次は浮かばれまい」

半四郎は、いつになく力んでみせた。

ところが、である。

翌日になり、事情が変わった。

五

――爾後《じご》、探索におよばず。

朝まだきから、数寄屋橋《すきやばし》御門内の南町奉行所に呼びだされ、年番方《ねんばんかた》与力の本郷《ほんごう》安之進《やすのしん》より、右の厳命を受けた。

年番方与力は奉行所内でも最古参の与力がなり、人の配置や役割分担などを掌握《しょうあく》するため、逆らえる者は誰ひとりいない。奉行の筒井紀伊守《つついきいのかみ》でさえ、実務の停滞を避けるべく、本郷には気を遣った。

ゆえに、本来は探索中止の指示を発する立場にないのだが、本郷は平気で強権を行使する。

半四郎は憤《いきどお》りをぐっと抑え、平蜘蛛《ひらぐも》のように平伏《ひれふ》すしかなかった。

廻り方の同心風情が楯突《たてつ》けば、即刻、冷や飯を食わされるのはわかりきっている。華《はな》の定町廻りから物書同心への配転、さらには陰湿ないじめ、謂《い》われなき中傷と罵声《ばせい》が待っているのだ。「安普請《やすぶしん》の安之進」などと陰口を叩きながらも、誰もが本郷のまえでは羊のようにおとなしくなっていた。

半四郎にはしかし、正義の番人としての矜持《きょうじ》がある。

人間、矜持を失ったら、生きる屍《しかばね》も同然ではないか。

「恐れながら、お尋ね致したき儀がございまする」

亀のように首をもちあげると、本郷が白い眉を吊りあげた。

奉行所の北端に位置する年番部屋には、ほかに誰もいない。

穏やかな光は障子に遮られ、部屋には陰鬱な空気がたちこめている。

半四郎は咽喉《のど》の渇きをおぼえたが、意を決してことばを搾りだした。

「炭団坂の一件は、殺しにございます。しかも、商家の手代は額に縫い針を刺されて死んでおりました。この一件を放置したならば、人心に名状しがたき不安を与えることは必定、お上のご威光にも関わってまいりましょう」

「ふん、言いたいのはそれだけか」

「今一度ご再考のほど、何卒《なにとぞ》、お願い申しあげます」

「八尾半四郎、おぬしは骨のある男と、じつは見込んでおったのじゃ。炭団坂の一件、殺しにはあらずと聞いておる。商家の手代が酒に酔って坂道を転げ落ち、朝になったら冷たくなっておったとな」

「それはちがいます。手代は下戸でした。酒を呑むはずがございません」

「ふん、おぬしは生前の手代を知っておるのか」

「いえ」

「ならば、手前勘《てまえかん》でものを申すな」

「しかし」

「それ以上は言うな。おぬしもひとつの案件に留まっていられるほど、暇な身ではあるまい」

本郷は乾いた笑いを残し、そそくさといなくなった。

半四郎は奥歯を嚙《か》みしめ、しばらくは顔もあげられない。

屈した。権力の重圧に屈したのだ。

おそらく、奉行の紀伊守は知るまい。

何者かが直接、本郷に声を掛けたのだろう。

金に動かされたのか、それとも、抗すべくもない大物に頼まれたのか。

両方かもしれない。本郷の介入そのものが、この一件の重大さをしめしている。

それがわかっていながら、黙然《もくねん》としたがうしかないのか。

十手持ちの矜持を失っても、今の地位にしがみつかねばならぬのか。

半四郎は情けない気分で廊下を渡り、表玄関から雪駄《せった》を突っかけた。

東向きに構えた正門までは五尺幅の青石がつづいている。雪はきれいに除かれ、敷石の外に敷きつめられた砂利石《じゃりいし》は黒曜石《こくようせき》のように輝いていた。

正門は黒渋塗《くろしぶぬ》りの長屋門《ながやもん》、明け六つ（午前六時）から暮れ六つ（午後六時）まで開いている。閉門後の出入りには左右の小門が使用された。外側からむかって右手の小門は駆込《かけこみ》訴用《うつたえよう》、左手の小門は囚人を出入りさせるための不浄門《ふじようもん》だ。

門番に見送られて外へ出ると、粋筋の女が待っていた。

「あ」

雪乃である。

いつもながら美しい。普賢菩薩《ふげんぼさつ》の再来と喩《たと》えられるほどの神々しさだ。可憐な佇《たたず》まいから推《お》せば、とても武術を嗜《たしな》むとはおもえない。弓を引けば三十間さきの柿をも射抜き、薙刀《なぎなた》を取らせれば大名家の奥女中に指南するほどの腕前なのだ。母を早くに亡くし、徒目付の父から武術を厳しく仕込まれた。琴や三味《しゃみ》線《せん》ではなく、刀や弓を手にしたときのほうがしっくりくるという。かといって、女性らしい心のありようを失ったわけではない。

半四郎が惚れたのは、強さと同時に弱さを秘めた雪乃の性分だった。

それにしても、つぶし島田《しまだ》に鮫小紋《さめこもん》の羽織とは。隠密働きの変装にしては、あまりに目立ちすぎやしないか。

「雪乃どの、ごぶさたしております」

「本郷さまに呼びつけられたのでしょ」

雪乃は時候の挨拶《あいさつ》もせず、いきなり、本題に切りこんでくる。

半四郎は面喰らいながらも、頷いてみせた。

「立ち話も何ですから、参りましょう」

「どこへ」

「ちょっと、付き合ってくださいな」

「はあ」

雪乃はさきに立ち、左褄《ひだりづま》を取って歩みだす。

口調も仕種《しぐさ》も、粋筋の女になりきっている。

仕種だけを見れば、二十二の年齢よりも老けて見えた。

もちろん、世間を欺《あざむ》くため、わざとそう見せているのだ。

半四郎はどぎまぎしながら、飼いならされた唐犬《からいぬ》よろしく背につづいた。

御門を抜けて数寄屋橋を渡り、西紺屋町《にしこんやちょう》の一角にある茶屋の二階にあがる。

傍《はた》から眺めてみれば、不浄役人が粋筋の女性を誘ったようにしか見えない。

茶屋は馴染《なじ》みのところらしく、訳知り顔の小女が煮花《にばな》（茶）を運んできてくれた。

気まずい顔で座っていると、雪乃が歯切れ良く切りだした。

「炭団坂の一件、探索無用と命じられたのでしょ」

「ど、どうしてそれを」

「安房屋を調べております」

「まことか、それは」

「三年半前、木元作兵衛《きもとさくべえ》という炭奉行配下の勘定方《かんじょうかた》が腹を切らされました。理由は公金の着服、罠《わな》に塡《は》められたのです。半月ほどまえ、木元どのの死に不審を抱いた目付筋より、紀伊守さまに要請がありました」

「それで、動いておるのか」

「調べはまだ途中ですが、御用炭に関する安房屋の不正が浮かんでまいりました」

御用炭の買いあげ金に絡《から》んだ不正らしいが、複雑なからくりについては探りを入れている段階だという。

半四郎は茶の代わりに、空唾を呑みこんだ。

委細《いさい》かまわず、雪乃はつづける。

「八十次という手代が怪しい動きをしていたので、秘かに探っておりました」

炭団坂に住む若後家と深い仲であることを知り、若後家のほうを探ってみると、驚くような事実が判明した。

木元初枝《はつえ》、それがおはつの本名だという。

「切腹した木元作兵衛の一人娘なのですよ」

「まさか」

「もう、おわかりでしょ」

おはつは、狙いがあって八十次に近づいた。

「悪く言えば、正直者の手代を誑《たら》しこんだのです」

小梅園の後妻にはいったのも、最初から狙いがあってのことにちがいないと、雪乃は指摘する。

「亡くなった小梅園のご主人と安房屋万蔵、ふたりは同郷の知人なのですよ」

「へえ、そうだったのか」

「おはつさんはきっと、安房屋の不正を調べていたにちがいない。八十次に裏帳簿を盗ませようとしたのではと、わたしは睨《にら》んでおります」

そうしたやさき、八十次は何者かに殺められた。

おかげで、真相に近づく手懸かりをひとつ失ったと、雪乃は溜息を吐く。

「雪乃どの、殺めた者の心当たりは」

「さあ」

「黒幕は炭奉行であろうか」

御用炭を納入する城側の窓口は、炭奉行の吉川縫之介《よしかわぬいのすけ》である。奉行と名は付いているものの、二百俵取りの小役人にすぎない。

「黒幕にしては小者ですね」

「そうよな。ところで、雪乃どのはほとけを目にされたのか」

「半四郎さまよりひと足さきに。額の縫い針はたぶん、おはつさんの仕業でしょう。木元家は少彦名命を奉じる禰宜《ねぎ》を先祖にもち、代々、針を使った御魂封《みたまふう》じの呪法に長じていると聞きました」

「ふうん、御魂封じねえ」

　おはつは死んだ八十次にたいして、申し訳ない気持ちでいっぱいだった。罪の意識に苛《さいな》まれ、自分なりの方法で供養せずにはいられなかったのだ。

「身勝手なはなしだぜ。おれには、ほとけをいたぶってるようにしか見えなかったな」

「供養の仕方はひとそれぞれ、見た目だけで判断してはいけませんよ」

「ならば、マの字の入れ墨はどう説明する」

　勝ち誇ったように問いかけると、すかさず切りかえされた。

「半四郎さまは、おわかりになられたの」

「浅間三左衛門どのが、判じ物ではないかと指摘された。マに刺された針は調伏すべき怨敵をしめす。答えは播磨」

「おもしろい」

「何か心当たりでも」

「思いあたる大物がひとり」

「誰だい、そいつは」

「御勘定奉行、池内《いけうち》播磨守直定《なおさだ》さま。職禄三千石、知行五千石の御大身《ごたいしん》です」

「けっ、不浄役人のおれなんぞからみれば、雲上のお方だな。手も足も出ねえや」

「池内さまは安房屋の宴席にたびたび呼ばれております。御炭奉行の吉川さまとも知らぬ仲ではあり得ない」

「ふたりはつるんでいるってわけか。なるほど、権勢並ぶ者なき播磨守にすれば、町奉行所の年番方与力などは小者にすぎぬ。探索無用の命を頂戴すれば、安普請の安之進めも聞かざるを得ぬか」

「そういうことになりますね」

「保身のためなら何でもする。罪無き者を平気で殺め、それを揉み消すためにおのれの立場を利用する。赦《ゆる》せねえな」

「確たる証拠をつかまねばなりません」

「とりあえず、おはつの命が危ねえ」

半四郎は尻を浮かせかけた。

雪乃がにやりと笑う。

「安普請どのの命を無視なさるおつもり」

「今から炭団坂にむかえば、そうなるかもな」

「見つかったら、廻り方でいられなくなりますよ。それでも、よろしいの」

「役目替えを申しわたされたら、潔《いさぎよ》くしたがうさ」

「骨太なことを仰る」

「へへ、同心魂に火を付けられた。後にゃ退《ひ》けねえ」

「まあ、勇ましい」

雪乃にからかわれ、半四郎は赤くなる。

ふと、本心を打ち明けたくなった。

――好きだ。いっしょになってくれ。

と、必死に叫ぶだけでいい。

「雪乃どの」

「なあに」

真正面から見据えられ、半四郎は顔を背けた。

「い、いや……な、何でもない」

「おかしなお方ね」

心ではがっくり項垂《うなだ》れ、表面は元気に見せる。

「雪乃どの、されば、参ろう」

半四郎は大きなからだを縮め、茶屋の狭い階段を下りはじめた。

六

雪雲が空を鼠色《ねずみいろ》に変えた。

雪乃とともに炭団坂まで足を延ばし、おはつの「千両屋敷」を訪ねてみた。

昨晩は暗くて気づかなかったが、昼間来てみると家屋の荒れようはいっそうはっきりする。尋常ではない。千両の株は踏みあらされ、垣根は崩れかけ、壁板は随所で剝がれ、軒の一部は落ちかけていた。しかも、入口の板戸までが粉砕されているのだ。

「こ、これは……誰かが蹴破ったのか」

「半四郎さま、狼藉者《ろうぜきもの》が侵入したのです。まだ、なかに潜んでいるかもしれませんよ」

「ふむ」

ふたりは板戸の裂け目をくぐりぬけ、履物も脱がずに板間にあがった。

慎重な足取りで廊下をすすむ。

「半四郎さま」

「しっ、静かに」

殺気が渦巻いていた。

忌《い》まわしい侵入者が潜んでいる。

狙いは、おはつであろう。

すでに、消されたのかもしれない。不安が過《よぎ》る。

雪乃は紅色の紐《ひも》を取りだすや、しゅっと襷掛《たすきが》けしてみせた。

寸の短い懐剣《かいけん》しかないが、いつでも抜ける用意はできている。

長い廊下は片廊下で、右手は雨戸にふさがれていた。左手には鰻《うなぎ》の寝床よろしく部屋がつづいてゆくのだが、障子や襖《ふすま》は蹴破られており、狂気を孕《はら》んだ陣風が一瞬にして吹きぬけたかのようだった。

右手の雨戸も随所で破れ、裏庭の淡い光が内に射しこんでいる。ゆえに、破壊しつくされた惨状は把握《はあく》できた。

廊下の片隅には、練馬《ねりま》の大長大根《おおながだいこん》が三本、土の付いたまま転がっている。

仏間が近づくにつれ、殺気は膨らんでいった。

爪を研いだ野獣の息遣いすら、耳を澄ませば聞こえてくるようだ。

尋常ならざる者の気配が、閉じられた障子のむこうに蹲《うずくま》っている。

半四郎は数歩さきにすすみ、仏間のまえに立った。

背中から十手を抜く。

雪乃と目顔で頷きあった。

——それ。

踏みこもうとした刹那《せつな》。

「けえ……っ」

鋭い気合いとともに、黒い棒の先端が障子を破って突きだされた。

「ぬはっ」

どんと左胸を突かれ、背後に弾きとばされる。

雨戸が破れ、半四郎の巨体が庭に転げ落ちた。

「うっ」

息ができない。

眼前の景色が歪《ゆが》んで見える。

「半四郎さま」

雪乃が庭に飛びおりてきた。

懸命に何かを叫んでいるのだが、顔も輪郭も歪んでいる。

「ぐおっ」

雪乃の背後で、障子が蹴破られた。

雲をつくような大男が躍りだしてくる。

尖った禿頭《はげあたま》に赤ら顔、百鬼夜行《ひゃっきやぎょう》に登場する見越入道《みこしにゅうどう》のごとき化け物だ。

「ふりゃああ」

怒声を発しながら、八尺は優にある樫《かし》の六角棒を頭上で旋回させている。

こりゃ敵《かな》わん。

朦朧《もうろう》とする頭で、半四郎はそうおもった。

雪乃はしかし、短い懐剣を抜いて闘っている。

「はりゃ、はりゃ」

見越入道は六角棒をぶんまわし、得意顔で追いこむ。

あらゆる方向から、突きと打擲《ちょうちゃく》が襲いかかってきた。

雪乃は相手の攻めを懐剣で受けながし、蝶《ちょう》のごとく舞いながら躱《かわ》す。

半四郎は尻餅をついたまま、起きあがるどころか身じろぎひとつできない。

闇に呑みこまれそうな意識を何とか繋ぎとめ、蝶の舞いを刮目《かつもく》しつづけた。

「はりゃ、はりゃ」

見越入道の攻めは、強靭《きようじん》さを増してゆく。

さすがの雪乃も、徐々に追いつめられた。

反撃に出なければ、活路は開けない。

だが、懐剣では尺が足りなすぎる。

「半四郎さま、お借りいたします」

ふっと、腰が軽くなった。

大刀が黒鞘ごと抜かれたのだ。

雪乃は懐剣を捨て、半四郎の刀を抜いた。

「小癪《こしやく》な小娘が」

見越入道は吼《ほ》えあげる。

「遊びは仕舞いじゃ、容赦《ようしや》はせぬぞ」

「のぞむところ」

雪乃は黒鞘を投げすて、刀身を右八相《みぎはつそう》に高く構えた。

見越入道も頭上に棒を振りあげ、猛然と踏みこんでくる。

「うら、死ね」

ぶんと、棒が唸りをあげた。

撓《しな》りをつけ、先端が脳天に振りおろされる。

ぐしゃっと、柘榴《ざくろ》が割れる瞬間を想像した。

刹那、雪乃は低く沈み、懐中に飛びこんだ。

「いやっ」

気合いを発し、磐《いわ》のような胴を抜いてみせる。

ばっと、血が噴いた。

「うぐっ」

化け物は呻き、片膝を地べたにつく。

「ぬおっ」

抉《えぐ》られた脇腹を押さえ、右手一本で棒を旋回させる。

ふらつきながら立ちあがり、こちらに背中をむけた。

廊下に這《は》いあがるや、まっすぐに駆けさってゆく。

それらすべてが、夢のなかの動きに見えた。

「半四郎さま、しっかりなされませ」

雪乃に頬を張られた。

二発、三発と張られ、ようやく覚醒《かくせい》する。

と同時に、強烈な胸の痛みに襲われた。

「ちょっと失礼」

雪乃は両襟をひろげ、左胸に触れてくる。

「うぐっ」

「痛いでしょうね。肋骨《あばらぼね》に罅《ひび》がはいっておりますよ。でも、ご心配なく。心ノ臓はちゃんと動いている」

「か、かたじけない」

分厚い胸板のおかげで命拾いをした。

「はい、これ」

黒鞘に納まった大刀を返されても、帯に差すことすらできない。

「くそっ、不覚をとった」

「お気になされますな」

「相手に負わせた金瘡《きず》は、深いのか」

「骨までは届いておりますまい」

「決着をつけねばならぬか」

「そうなりましょうね」

「何者かな、あの化け物」

「さあ」

半四郎は、八十次を殺ったのは、きっとあいつだ」

「棒で突けば金瘡はつかぬ。一撃で腹を突き、臓物を破裂させやがったんだ」

「なるほど、そうかもしれませんね」

「おはつも、殺られちまったのかな」

と、そのとき。

仏間のほうで、かたりと物音がした。

雪乃は懐剣を握り、目を皿のようにする。

芝居仕掛けのがんどう返しさながら、金色の仏壇がひっくり返った。

「からくり仏壇ですね」

蒼白の女が乱れ髪を気にしながら、恐る恐る抜けだしてくる。

「おはつさん」

雪乃が凜《りん》とした声を投げかけた。

おはつは頬を強張《こわば》らせたが、すぐに安堵の溜息を吐く。

半四郎は胸の痛みも忘れて、むっくりと起きあがった。

七

おはつは訥々《とつとつ》と語りはじめた。

母を早くに亡くし、父とふたりで牛込御納戸町《うしごめおなんどまち》の御家人長屋で暮らしていたこと。懇意にしていた朋輩《ほうばい》から自分の息子の嫁にどうだと持ちかけられ、有頂天《うちょうてん》になっていた父のこと。そうしたやさき、父は御用炭の不正に気づき、上役の炭奉行に訴えたが取りあげられず、憤慨《ふんがい》していたこと。それでも不正を追及し、ある程度の証拠を握った途端、謂われなき罪を着せられ、無念腹を切らされたこと。

そうした顚末《てんまつ》を、淡々と語って聞かせたのだ。

「こうとおもったら梃子《てこ》でも動かない。一徹な父の性分が災いを招いたのでござります。何十年もお上にご奉仕申しあげたのに、あんなふうに汚名を着せられて死んでゆかねばならなかった。父の無念をおもうと、わたくしは死んでも死にきれませんでした」

木元家は断絶となり、おはつは食いつなぐために裏店《うらだな》で三味線指南の看板を掲げた。やがて、縁あって深川の白芸者《しらげいしゃ》になり、臥薪嘗胆《がしんしょうたん》、父の無念を晴らす機会を待ちつづけていたのだという。

「悪事の全容を存じていたわけではありません。切腹の沙汰《さた》がくだされると同時に、父は拘束され、見も知らぬ役人たちが家に押し入ってまいりました。めぼしい書き物、帳面のたぐいはすべて没収され、不正のからくりを知る手懸かりは失ったかに見えました。ところが、父は商家に嫁いでいた叔母《おば》に、わたくし宛ての文《ふみ》を預けてくれておりました。それで、事のあらましを知ったのでござります」

御用炭の不正とは、幕府から御用達商人に支払われる炭代に関するものだった。簡略に言えば、本来納めるべき御用炭に粗悪品を混ぜることで余剰の利益を生みだし、その利益を特定の役人に還流させる仕組みのことである。

粗悪品の含まれる割合は約三割、不正はその時点で八年間も継続され、莫大な余剰利益の還流がおこなわれていた。

右の事実をしめす安房屋の裏帳簿を、おはつの父は手に入れようとおもった。裏帳簿を入手できれば、不正の動かぬ証拠となる。

安房屋を捕まえて責めれば、からくりの全容と黒幕の名を聞きだせるにちがいない。

「御用金で私腹を肥やすたあ、太《ふて》えやつらだ」

半四郎は憤慨しながら、ぷっと小鼻を膨らます。

おはつは喘《あえ》ぐように吐いた。

「父を死に追いやった者たちが、どうしても赦《ゆる》せなかった。何としてでも、裏帳簿を手に入れたかったのでござります」

雪乃が膝を躙《にじ》りよせる。

「それで、手代の八十次に近づいたのですね」

「わたくしは、分別をわきまえられない頭になっていたのです。八十次さんには申し訳ないことをしてしまいました。わたくしのせいで殺められたのですから。でも、あのひとを好いた気持ちはほんとうです。だから、せめてもの償《つぐな》いにと、ご遺体に蔭針供養をおこないました」

亡骸に縫い針を刺すのは、木元家に代々伝わる弔《とむら》いの作法であるという。

「けれども、わたくしはそこでもまた、大きな過《あやま》ちを犯してしまいました」

「額の入れ墨ですね」

「はい、あれは禁忌《きんき》の呪殺法です。わたくしは恨みに衝きうごかされ、人にあるまじき罪を犯してしまったのです」

おはつは俯《うつむ》いた。

乾いたはずの涙が、ぽとりと畳に落ちる。

雪乃は膝に置いた拳を握り、その様子をじっと見つめている。

自分も早くに母を亡くし、徒目付の父に育てられた。父の楢林《ならばやし》兵庫《ひようご》は忠義のひとで、抜け荷の一件を追っていたのだが、中途で探索打ち切りの命を受け、役目まで解かれてしまった。雀《すずめ》の涙ほどの捨《す》て扶《ぶ》持《ち》を与えられ、野に捨てられたのだ。

はぐれ鳥となった父と娘は、世の中の辛酸《しんさん》を嘗《な》めさせられた。雪乃の心底にはつねのように、憤怒《ふんぬ》が渦巻いている。女として当然の幸福を求めるのではなく、世の中に蔓延《はびこ》る悪辣非道《あくらつひどう》を裁くという目的のためにしか生きられない。そんな雪乃にしてみれば、おはつは他人におもえぬらしい。

そろそろ、肝心なことを糺《ただ》さねばなるまい。

雪乃が口をひらいた。

「あなたのお父上に腹を切らせた怨敵、それは誰なのです」

「勘定奉行、池内播磨守直定」

「やっぱり」

遺書となった父の文に記されていただけの名であったが、おはつは「播磨守」がすべての元凶と信じ、調伏すべき最大の怨敵と考えた。

「半年前、秘かに父の三回忌《さんかいき》をおこないました。そのとき、父の御霊《みたま》に復讐を誓ったのでございます。事の真相を暴き、汚名を雪《すす》いでみせると」

おはつは恥をしのんで、何もなければ嫁いでいたであろう父の元朋輩の屋敷を訪ね、遺書を見せながら父の無念を訴えた。その気持ちが通じたのか、元朋輩は秘かに伝手《つて》をたどってくれた。これこれしかじかと、目付に訴えたのだ。子息に家督を譲り、隠居の身であったとはいえ、元朋輩にしてみれば命懸けの行動であった。

訴えは目付の渡部《わたべ》監物《けんもつ》から若年寄《わかどしより》の京極《きょうごく》周防守《すおうのかみ》高備《たかまさ》（丹後《たんご》峰山藩《みねやまはん》一万三千石）にあげられ、内々に探索せよとの指示がおりた。内幕をばらせば、周防守は常日頃から池内播磨と御用商人の癒着《ゆちゃく》ぶりを懸念し、重職から遠ざける機会を狙っていた。無論、幕閣の思惑など、おはつや雪乃の知る由《よし》もないことだ。

若年寄の指示は目付にもどされ、目付筋から町奉行所に助力を仰ぎたい旨の要請があった。町奉行直々の密命により、雪乃は安房屋を調べはじめた。

以上が大筋の経緯である。すべては、父の恨みを晴らしたい娘の行動がもたらしたものだった。

そうと知っておれば、最初から手を組めたのにと、半四郎はおもう。

ともあれ、八十次は裏帳簿を入手する寸前で敵に感づかれ、葬られてしまった。

おはつには、自分にも魔の手が伸びる予感があった。

「それで、仏壇に細工を」

「はい。襲ってきた刺客《しかく》の正体もわかっております」

「ほう」

仁木銑十郎《にきせんじゅうろう》。播州飾磨《ばんしゅうしかま》出身の浪人で、数ヶ月前から池内播磨守の用人となっていた。無辺流棒術《むへんりゅうぼうじゅつ》の遣い手である。

「難敵ですね」

雪乃のことばには実感が籠もっていた。

半四郎は晒布《さらし》を巻いた左胸に触れてみる。

左腕は動かぬが、右腕は何とか動かせそうだ。

――ぴーちゅる、ぴーちゅる。

冬雲雀《ふゆひばり》の雄《おす》が高鳴きをしている。

黒雲の割れ目に、青空がのぞいた。

考えてみれば、まだ昼餉《ひるげ》の時刻だ。

「お米とお味噌はあるの」

雪乃に聞かれ、おはつはこっくり頷いた。

「それなら、塩むすびとおみおつけでもつくりましょう」

「いいえ、わたくしが」

おはつはすっと立ちあがり、すぐに蹌踉《よろ》めいた。

「いけません、あなたは休んでいなきゃ」

「でも」

「まかせて。廊下に転がってた大根で、美味しいおみおつけをつくってあげる」

雪乃は手際よく襷掛けをしなおして、勝手場に消えてゆく。

半四郎は何やら、ほっこりした気持ちになった。

八

亥ノ下刻（午後十一時）、天には星が瞬《また》いている。

南の鼓星、北の北辰妙見と七つ星、おはつがはなしていた星々を眺め、半四郎はみずからの覚悟のほどをたしかめた。

悪徳商人どもは年忘れと称して宴を張り、強欲な役人どもを呼んでは黄金の餅をばらまいている。さすがに、明日が小晦日《こつごもり》（二十九日）ともなると乱痴気騒《らんちきさわ》ぎはおさまり、茶屋街は静まりかえった。

ところが、なかには意地汚く接待を請う役人もいる。偉そうに「年が明けるまで誠意をみせろ」と吠えたてるのだ。

池内播磨を乗せた法仙寺駕籠《ほうせんじかご》は、坂の頂部に差しかかった。

炭団坂のような急坂ではない。市ヶ谷御門と牛込《うしごめ》御門の中間、番町《ばんちょう》の土手《どて》四番町《ばんちょう》を脇道に逸れたあたりから、坂は緩やかにはじまる。富士見坂《ふじみざか》と名付けられたとおり、晴れた日には雪を戴く富士山がくっきりと遠望できた。

それゆえか、坂上には大身旗本が屋敷を構え、なかでも他を圧する門構えの播磨守邸だけが「富士見屋敷」と呼ばれていた。

「ほいかご、ほいかご」

尻をからげた先棒と後棒が、交互に白い息を吐いている。

左右に揺れる駕籠の脇を、見越入道が苦しげに追いかけていた。

入道は八尺余りの六角棒を携《たずさ》えている。無辺流棒術の達人、仁木銑十郎であった。

三日前、脇腹に負った金瘡は癒《い》えていない。したがって、坂の上りが苦しいのだ。しかも、雪道だけに足もとは滑る。駕籠かきは馴れたものだが、仁木にとっては難所とおなじ、屋敷までもうすぐのところで、不覚にも足を滑らせた。

「うおっ」

その瞬間を狙っていたかのように、黒い旋風が駆けぬけた。

「ぬ」

仁木は声も出せない。

柄頭《つかがしら》で脇腹を突かれたのだ。

「楽になりなさい」

女の声が聞こえ、仁木は脳天に一撃を喰らった。

白目を剝いて顔から落ち、前歯を雪道に突きさす。

「うひゃっ」

駕籠かきどもは異変に気づき、駕籠を捨てて逃げだした。

捨てられた駕籠の客が、声をひっくり返して喚《わめ》いている。

「仁木、仁木、どうしたのじゃ」

無論、返事はない。

池内播磨守は右手の垂れを捲り、恐る恐る首を突きだした。

まるで、甲羅《こうら》から首を出した亀《かめ》のようだ。

「仁木、どこにおる」

必死に呼びつづける播磨守の面前に、黒雲のような影が迫った。

「おい」

呼ばれて顔をあげると、覆面《ふくめん》の男が立っている。

やにわに、ぺしっと月代《さかやき》を叩かれた。

「痛っ、ぬわ、何をする。勘定奉行、池内播磨守と知っての狼藉《ろうぜき》か」

「がたがた吠えるんじゃねえ」

男は右手をあげ、またもや、月代をぺしっとやった。

「頭んなかは空っぽか」

「くっ、何が望みだ。金か、金ならくれてやるぞ」

池内播磨守はがさごそ菓子箱をもちだし、駕籠の外にひっくり返した。

帯封の切られていない小判のかたまりが、そこいらじゅうに散らばった。

「拾うがいい。欲しけりゃまだあるぞ」

「安房屋からせしめた汚ねえ金だな」

「安房屋を知っておるのか。ん、わかったぞ、おぬしは目付の密偵《いぬ》であろう」

「そうだとしたら」

「三十俵程度の扶持で、命懸けの役目をやらされておるのではないか。同情いたすぞ。のう、金に汚いも綺麗もないのだ。そこに落ちた黄金餅、ぜえんぶおぬしにくれてやる。だから、命だけは助けてくれ。このとおりじゃ」

「命乞いにしては、いまひとつ気持ちがはいっておらぬではないか」

「そ、そんなことはない」

池内播磨守は駕籠から転がりでてきて、雪のうえに土下座《どげざ》してみせる。

「頼む、このとおりじゃ」

「ふふ、斬らねえよ。てめえみてえな悪党を斬っても、刀の錆になるだけだ」

「助けてくれるのか」

「ああ」

返事をしながらも、男は白刃を抜きはなつ。

紫電一閃《しでんいっせん》、薙《な》ぎはらった。

「うへっ」

髷《まげ》が飛ぶ。

池内播磨守はざんばら髪を振りみだし、這って逃げようとした。

裾を踏むと、頭を抱えて蹲る。

「やめろ、やめてくれ」

「そのざまじゃ、勘定奉行は任せられねえな。でもよ、これしきのことじゃ、逝った連中に申し訳が立たねえ」

「え」

顔をあげたところに、刀の峰がすとんと落ちた。

月代のまんなかだ。池内播磨守の意識は暗転した。

「半四郎さま」

雪乃が背中に呼びかけてくる。

昏倒《こんとう》させた仁木を、後ろ手に縛りあげたところだ。

「うまく行きましたね」

「ふむ、もうひと仕事だ」

半四郎は覆面を剝ぎとり、にっこり笑ってみせた。

九

師走《しわす》小晦日。

早朝から雪が降った。

――さっさござれや、まいねんまいねん、まいとしまいとし、旦那の旦那のお庭へお庭へ、鳴きこみ鳴きこみ、はねこみはねこみ、さっさござれや、せきぞろえっ、ほら、せきぞろえっ。

おかめやひょっとこの面をかぶった節季候《せきぞろ》の門付《かどづ》けが、賑やかに鉦《かね》や太鼓《たいこ》を叩きながら武家や商家を巡っていた。

辻番の親父は暇そうに、焼《や》き芋《いも》を焼いている。

凍《い》てつく濠を見下ろせば、浮寝鳥《うきねどり》が数珠繋《じゅずつな》ぎになって並んでいた。

数寄屋橋御門内、南町奉行所の門前は、ちょっとした騒ぎになっている。

今日が仕事納めなので、ほとんどの役人が出仕《しゅっし》していた。

奉行の筒井紀伊守だけは、まだ出仕していない。

「おい、あれをみろ」

「ん、何だろう」

誰もがみな、門前の異様な光景に目を瞠《みは》った。

四人の男たちが手足を縛られて座らされ、しかも、棒杭に繋がれているのだ。

四人とも白装束で猿轡《さるぐつわ》を塡められ、髷を切られたざんばら髪のままで項垂れていた。まるで、いったん地獄へ堕《お》ちた亡者どもがこの世に甦り、凍《こご》えながら懺《ざん》悔《げ》を請うているかのようだ。

同心や小者たちが、どっと押しよせてくる。

「捨て札があるぞ」

若い同心が叫んだ。

「読んでみろ」

「ふむ。右の者ども、御用金を着服し、私腹を肥やす卑劣漢《ひれつかん》どもなり。手が腐るゆえ、触れるべからず」

「四人の名が列記されておるぞ」

「おう、早う読め」

「勘定奉行池内播磨守、同用人仁木銑十郎、炭奉行吉川縫之介、炭問屋安房屋万蔵」

「まことかよ。誰かのいたずらであろう」

「いたずらにしては、念が入りすぎてやしないか」

「ちょっと待て」

大柄の同心が、人垣のなかから登場した。

半四郎である。

「それは何だ」

捨て札の脇に、雪に覆われた三方《さんぼう》が置いてあった。

袱紗《ふくさ》ごと雪を払いのけると、黄金色に輝く小判が堆《うずたか》く積まれている。

「これはこれは。ん、添《そ》え状《じょう》があるぞ」

「添え状か」

「表書きに目安状《めやすじょう》とある。宛名は何と、年番方与力の本郷安之進さまだ」

「八尾どの、お読みくだされ」

「よし。本郷安之進どの、このたびは謝礼百両にて、御用炭納入の不正に関する探索お取りやめのこと、ご配慮いただきたし。勘定奉行池内播磨守拝」

「どういうことだ」

「ご本人にお訊きせねばなりますまい」

「誰か、本郷どのを呼んでまいれ」

「は」

小者が門にむかって走った。

半四郎は同僚や上役がひしめく人垣を睨《ね》めまわし、芝居がかった口調で一気に喋った。

「捨て札に記された内容がまことならば、由々《ゆゆ》しき一大事にござる。お奉行さまのご裁定を仰ぐよりほかにありませぬぞ。われらが勝手な行動をとれば、お叱りをこうむるどころか、厳しく罰せられるのは必定。それにつけても、この百両。かように不届きな目安が慣行となっておったとするならば、これもまた前代未聞《ぜんだいみもん》の一大事にござりましょう。なにせ、火のないところに煙は立たずと申します。本郷さまには、よほどの覚悟を決めていただかねばなりますまい」

常日頃から、本郷にいじめられている者たちが多いので、誰ひとりとして反論する者はいない。

人垣の端には、ほくそ笑む雪乃のすがたもある。

やがて、本郷があたふたと駆けてきた。

「退《の》け、邪魔するでない」

人垣を掻きわけ、本郷は捨て札に刮目《かつもく》する。

さらには、三方の添え状を引っつかみ、ざっと目を通した。

「な、何じゃこりゃ、くそっ、この」

本郷は襟元を乱し、悪態を吐きながら、捨て札を抜こうとする。

「何をなされる、乱心召されたか」

半四郎がすかさず、背後から羽交《はが》い締《じ》めにした。

「放せ、放さぬか。わしを誰じゃとおもうとる。年番方の本郷安之進ぞ」

「承知しております る」

「うぬは誰じゃ……八尾か、八尾半四郎か、下郎め、放さぬか」

誰ひとり、本郷を救おうとする者はいない。

それどころか、同心三名が駆けより、半四郎に代わって本郷を雪のうえに組みふせた。

「本郷さま、狼狽《うろた》えてはなりませぬぞ。ここはひとつ、お奉行さまのご裁定をお待ちくだされ」

本郷は潰《つぶ》れ蛙《がえる》のように俯《うつぶ》し、肩を震わせはじめた。

泣いているのだ。

可哀相に。

半四郎の目に映った年番方与力は、しょぼくれた老人にすぎなかった。

十

翌、大晦日《おおみそか》。

債鬼《さいき》たちが夜の町を駆けまわっている。

半四郎と雪乃は炭団坂の仕舞屋におはつを訪ね、無念腹を切らされた木元作兵衛と凶徒の手にかかった八十次の位牌《いはい》に手を合わせた。

「おはつさん、何やらしんみりしておられましたね」

「手放しでは喜べまい」

池内播磨守以下の悪党どもは、昨日のうちに身柄を目付へ引きわたされ、隠密裡に斬首《ざんしゅ》されるはこびとなった。一方、とばっちりを受けた恰好の本郷安之進は、播磨守との密接な関わりが明らかとなり、閉門蟄居《へいもんちっきょ》の沙汰を下された。軽く済んでも隠居は免れまい。

右の顚末を告げられても、おはつは嬉しい顔ひとつしなかった。

ただ、憑《つ》き物《もの》が落ちたような顔で何度も礼を言うだけであった。

「悪党どもは報いを受けた。されど、たとえ罰せられたからといって、故人が戻ってくるわけではない」

「おはつさんはたぶん、淋しさをいっそう深めたのでしょう」

「ま、そういうことだ」

――ごおん。

戌《いぬ》ノ五つ（午後八時）を報せる鐘が鳴った。

風花がちらついているというのに、星は煌々《こうこう》と瞬いている。

雪乃は天を仰ぎ、北辰妙見に手を合わせた。

「来年は良い年でありますように」

可憐な横顔に、半四郎の目が吸いよせられる。

我が家に来ないか。

母に引き合わせよう。

真夜の鐘の音を聞きながら、いっしょに晦日蕎麦《つごもりそば》でも食わぬか。

誘いたいことばが堂々巡りするだけで、口から出てこない。

――ごおん。

時の鐘がまた、虚しく響いた。

「半四郎さま、参りましょう」

「そうするか」

「あの……ひとつ、お願いが」

「え」

驚いて振りむくと、雪乃はぽっと頬を赤らめた。

「わたし、小銭がありませぬ。ほら、あすこ」

白魚《しらうお》のような長い指が、坂下に置かれた「十三里」の箱看板を差している。

葦簀張《よしずば》りの屋台からは、白い湯気がもくもくと立ちのぼっていた。

「ふはは、九里《くり》（栗）四里《より》美味いは十三里か」

焼き芋である。

「買《こ》うていただけましょうか」

「もちろんだとも」

ぽんと胸を叩くと、痛んだ肋骨が軋《きし》みをあげた。

が、半四郎の心は幸せな気持ちに満たされている。

ふたりは仲良く肩をならべ、炭団坂を下りはじめた。

鮫屋《さめや》の女房

一

正月二十五日の鷽替神事《うそかえしんじ》も終わると、亀戸《かめいど》の梅屋敷に紅白の梅がちらほら咲きはじめる。

「ほれ、梅見日和《びより》じゃ」

初物好きな江戸者は北十間川《きたじっけんがわ》に小舟を滑らせ、余寒をものともせずに足を延ばす。

広大な庭園には渋茶を饗《きよう》する草庵が建ちならび、土産《みやげ》に梅干しなども売っている。漫《そぞ》ろに歩んでいるのは番茶も出花の町娘、鯔背《いなせ》を気取った若い衆、杖をついた焙烙頭巾《ほうろくずきん》の老人もあれば、武家の美しい母娘連れもあり、筆を舐めて短冊に一句書きつける俳諧師《はいかいし》もあれば、浅黄裏《あさぎうら》を纏《まと》った山出し侍なども目立つ。たいそうな賑わいだ。

三左衛門とおまつは、江戸一の名木との誉《ほま》れも高い臥龍梅《がりょうばい》を愛《め》でている。

「見事なもんだねえ。さすが、水戸《みと》の黄門《こうもん》さまが名付け親だけあるよ」

「まだ五分咲きだぞ」

「うふふ」

おまつは少し目立ってきた腹を撫で、うっとりした顔をかたむける。

三左衛門はそっと唾を呑みこみ、梅のむこうに目を泳がせた。

このまま順調にすすめば、隅田川《すみだがわ》に花火が打ちあがるころ、子が生まれる。四十三にしてはじめての子だ。期待よりも不安がさきに立ち、胸が苦しくなってくる。

「おまえさん、五分咲きってのがいいのさ」

薄化粧の芳香がふわりと近づき、おまつが耳もとに囁きかけてきた。

「満開よりもかえって、咲き際と散り際におもむきがあるんだよ」

「そんなものか」

ふたりはさきほどから、散り際の女を待っている。

名はおえん、神田佐柄木町《さえきちょう》の裏店《うらだな》に住む三十年増だ。亭主は扱《しご》いた鮫皮《さめがわ》を刀の柄に張る腕の良い柄巻《つかまき》の居職《いじょく》で生計《たつき》を立てている。亭主は扱いた鮫皮を刀の柄に張る腕の良い鮫皮師であったが、酒と博打《ばくち》で身をもちくずし、三年前にふらりと家を出たきり帰ってこない。

音信不通で三年過ぎれば夫婦《みょうと》の縁は切れたも同然、亭主は死んだものとみなされ、離縁状がなくとも再婚できる。

三年はあまりに長い。

おえんは待つことに疲れてしまった。

働きずくめの毎日で潤《うるお》いは欠片《かけら》もない。

そうした暮らしに半ば嫌気が差している。

女として終わったわけではない。

盛りはこれからなのだ。

おえんは人生を、誰かとやりなおすことに決めた。

「引っ込み思案だから、わたしが背中を押してやったのさ」

母方の従妹《いとこ》にあたり、幼い時分に何度か遊んだことがあった。おえんもおまつと同様、商人の娘として生まれ育った。が、十九で恋に落ちた相手と駆け落ちし、親から縁を切られた。

駆け落ちした半端者の顔すらも、疾《と》うに忘れてしまった。

とにかく、男運がない。騙されやすい性分なのだ。

金蔓《かねづる》にされたあげく、捨てられる。そんな人生を繰りかえしてきた。

それでも、二年間、止まり木になってくれた亭主には感謝している。と、おえんは殊勝《しゅしょう》なことを打ち明けた。

亭主は風采《ふうさい》のあがらぬ鮫皮師、職人気質《かたぎ》の真面目な小心者にすぎなかった。口数は少なく、褒められたおぼえもないが、気の優しい男だった。

おえんに柄巻の手ほどきをしたのも、亭主なのだ。そのおかげで、身を売らずに救われている。

「だからといって、待ちつづける必要はもうないんだよ」

おまつは、腰を入れて説得した。

おえんには幸福をつかむ権利がある。理由も告げずに消えた男のことなど、きれいさっぱり忘れてしまえばよいのだ。

「子ができなかったからかもしれないって、おえんちゃんは淋しそうにつぶやいた。そうじゃない、けっして、おえんちゃんのせいじゃないよって言ったら、おんおん泣いちまってねえ。そんなふうにされたら、是が非でも良い相手を見つけてあげたくなる。それが人情ってものじゃないか」

おまつは眸子《まなこ》を潤ませながら、臥龍梅に語りかける。

「三年経って、おえんちゃんはやっと解き放たれた。誰といっしょになっても、世間様から後ろ指を指される心配はない。そんなことをするやつがいたら、わたしが許しゃしないから」

安い手間賃で丁寧《ていねい》な仕事をするとの評判が立ち、おえんは刀拵《かたなごしら》えの問屋から引っぱりだこの柄巻師になった。

一日じゅう床に座りつづける仕事なので、腹や尻は弛《たる》み、張りがない。足は浮《む》腫《く》み、腕力だけは男並みについた。

容貌は整っているほうだが、はっとするほどの美人ではない。でも、よく笑う。片頰に笑靨《えくぼ》のできる笑顔がひとを惹きつけた。生まれもった明るさがあり、機転も利く。そのうえ、小金を貯めているとなれば、世の男たちが抛《ほう》っておくはずもない。

「女やもめに花が咲く、か」

「そのとおりだよ」

言い寄る男は何人もあったらしいが、その都度、頑《かたくな》に断ってきた。

「三年以内は人の妻、まちがいをおかせば莫迦を見るのは自分だからね」

おえんは散り際で何とか踏みとどまっている。

これから盛りを迎えるのだと、おまつは確信を籠めて言う。

「すんなりゆけばよいがな」

ひょっとしたら、おえんはいなくなった亭主に一抹《いちまつ》の未練があるのではないか
と、三左衛門は勘ぐった。

「そんなはずがあるもんか」

おまつは、ぷいと横をむく。

と、そこへ。

職人風の男があらわれた。

「あ、梅吉《うめきち》さんだ」

おまつは、ぱっと顔を輝かせた。

「ね、言ったとおり、なかなかの男ぶりだろう」

おえんの相手は四十の男やもめ、本所に住む刀研師《かたなとぎし》と聞いている。

六つになった男の子の父親でもあり、口入屋《くちいれや》を介して母親になってくれる相手

を捜していた。

からだつきは痩せてひょろ長い。

猫背で寒そうに近づいてくる。

気になるのは、研いだ刃のように鋭い眸子だ。

一日中、刃と向きあっているせいなのか。

以前からの知りあいではない。

だが、おまつは一目見ただけで気に入った。

誠実な人柄を見抜いたらしい。

このひとなら、おえんをきっと幸福にしてくれる。

十分一屋の直感がそう告げたのさと、おまつは胸を張った。

しかし、何よりも、下戸《げこ》で博打を打たぬことが決め手になった。

「梅の木のまえで見合いをすれば吉が来る。梅吉さんの名にあやかって、わざわざここを選んだのに」

おえんは、約束の刻限を過ぎてもやってこない。

もっとも、ここが梅吉の名にあやかった場所というのなら、おまつは大事なことを忘れている。

いなくなったおえんの亭主は、名を亀次郎《かめじろう》といった。

亀戸で見合いをすると聞けば、亭主のことをおもいださぬわけがないのだ。

だからと言って、おえんはぞろっぺえな女ではなかった。だいじな約束をすっぽかすような不義理はぜったいにしない。何か拠所《よんどころ》ない事情ができたとしか考えられなかった。

「梅吉さん、こっちこっち」

おまつは右手を振り、無口な刀研師を呼びよせた。

三左衛門が目礼すると、研師は猫背をさらに丸める。

気まずい空気を吸いながら、三人は小半刻（三十分）ほど臥龍梅を眺めて過ごした。

空は雲ひとつない快晴だが、おえんはいっこうにあらわれる気配もない。

二

おえんには来られない事情ができた。

亭主の亀次郎がひょっこり帰ってきたのだ。

「三年ぶりだよ。なのに、昨日出てったような顔で、朝になったら戻っていたんだとさ」

それきり、居座って動こうともせず、冷や酒を喰《くら》っているらしい。

おまつは佐柄木町におえんを訪ね、たったいま、照降町の裏長屋へもどってきたところだ。

もうすぐ八つ刻（午後二時）、おすずが手習いから帰ってくる。

「ったく、迷惑なはなしだよ」

おまつは顔をつぶされた恰好になり、梅吉にたいして平謝りに謝った。

梅吉は気に留める様子もなく、つぎの機会をまたつくってほしいと頭をさげた。

「当面のあいだ、事情は黙っておこうとおもってね」

おまつとしては、縁を切らずに取っておきたいのだ。

「おえんの様子はどうだ」

「動顚《どうてん》しちまってるよう」

梅屋敷に行かねばならぬことさえ失念し、おまつの顔を見た途端、はっと我に返ったという。

「米搗《こめつ》き飛蝗《ばった》みたいに謝られても、後の祭りさ」

「亭主とは、はなしたのか」

「はなしはしたけど、要領を得ないんだよ。三年経ってやっと酔いが醒めたとか、悪夢を見ていたようだとか抜かして、あれじゃまるで、浦島太郎《うらしまたろう》だね」

「まあしかし、まがりなりにも帰ってきたのだからなあ」

「あれ、おまえさん、許してやれとでも仰《おっしゃ》るのかい」

「いや、そうは言わぬ」

「三年も黙って留守にしていた男に、いまさら亭主面《づら》されてたまるもんですか」

「しかしなあ、家に入れたということは、未練がある証拠ではないのか。おえんの気持ちも汲んでやらねばなるまい」

「どういうこと」

おまつが眦《まなじり》を吊りあげる。

三左衛門はこほっと咳をした。

「ひとのおもいは長さではなく、深さできまると聞いたことがある。逢わぬことでかえって、おもいが募るということもあろう。先走って縁談をすすめぬことさ」

「莫迦をお言いでないよ。亀次郎はどうせまた、出てゆくにきまっている。いちど味をしめたら癖になるんだよ」

たしかに、そんなものかもしれぬ。

「亀次郎は今でも、糸の切れた凧《たこ》さ。風が吹けば、どこかに飛んでゆく。いまさら帰ってこられても迷惑なはなしだけど、おえんちゃんもおえんちゃんで、きちんとわかっちゃいない」

無理もあるまい。

どんなかたちであっても、亭主が帰ってきてくれたのだ。

愛おしさ、嬉しさ、憎さもふくめて、あらゆる感情が一気に噴きだし、収拾がつかなくなっているのだろう。

「亀次郎のやつ、どうせ、からっけつになったのさ。だから、ふらりと帰ってきたんだ。わたしはそれとすぐに見抜いたけど、おえんちゃんには見抜けていないようだ」

と、そこへ、おすずが元気良く帰ってきた。

「ただいまあ。おっかさん、蕗《ふき》の薹《とう》を摘んできたよ」

「あら、嬉しい」

おまつはにっこり微笑《ほほえ》み、愛娘《まなむすめ》の頭を撫でる。

「おまえさん、蕗味噌でもつくろうかね」

「ほっ、そりゃいい」

ほろ苦い早春の味を、あつあつの飯といっしょに搔っこみたくなった。

三

数日後、おまつの不安は的中した。

亀次郎がまた、ふらりといなくなったのだ。

しかも、おえんが三年間、爪に火を点すようにして貯めた虎の子の金を、簞笥《たんす》の奥から盗んでいった。

「ほうら、言わんこっちゃない」

おまつはさっそく、おえんを慰めにむかった。

帰ってきても怒りはおさまらず、三左衛門に毒を吐きつづけた。

「あんな男、亭主でも何でもない。ただの盗人さ。これこれしかじかと訴えでれば、お白洲《しらす》で裁いていただけるのに」

おえんはしかし、訴えを起こすどころか、日がな一日、ぼうっとしながら過ごしているという。

「あのままだと、惚《ほう》けちまうよ」

おまつは頃合いを見計らって、刀研師の梅吉に声を掛けてみるつもりだと言った。

「梅吉さんはお金に困っているわけじゃない。持参金目当てに嫁取りをしようだなんて、そんな狭い了見《りょうけん》はこれっぽっちも持ちあわせていないんだ」

嫁取りのいちばんの理由は、六つになる息子のためらしい。「母無しっ子」と罵《ののし》られ、いじめられるのを案じているとのことだった。

子供好きの心優しい女性ならば、容色はどうでもよい。

からだが丈夫ならば申し分なく、持参金の無い裸嫁でもいっこうに構わない。

梅吉から右の言質《げんち》をとりつけ、おまつは再度、見合いの段取りを組んだ。

四

場所は湯島《ゆしま》の妻恋稲荷《つまごいいなり》、おまつと何度も願掛けに訪れているところだ。

武家屋敷の海鼠塀《なまこべい》を左右に眺めつつ、なだらかな妻恋坂を上ってゆく。

梅は今や満開、祭半纏《まつりばんてん》の氏子《うじこ》たちが坂道を忙《せわ》しなげに行き来していた。

初午祭《はつうままつり》に備えて、稲荷社の境内には幟《のぼり》が何本も立っていることだろう。

「今度ばかりは、失敗《しくじり》は無しだよ」

おまつはわざわざ、神田佐柄木町の裏店までおえんを迎えにいった。

おえんはあまり乗り気でなかったが、これ以上、おまつに迷惑を掛けられないと考えなおしたのだろう。疲れのめだつ顔を白粉《おしろい》で隠し、坂下までやってきた。

三左衛門はおまつのからだが心配で、ずっと付きそっていた。

安定している時期だから案ずることはないと言われても、腹のなかの赤ん坊が気になってしかたない。

おえんは、早々に妊娠を見破った。おまつを心底から祝福しながらも、身籠ることのできない自身を鑑《かんが》み、少しばかり痛みをおぼえているようだった。

「おまっちゃん、亀次郎は呑んだくれだけど、無類の子供好きでね。露地裏や河原で近所の幼子とよく遊んでやっていたのさ。石蹴りとか、凧揚げとか、水切りとか、遊んでいるときの顔がそりゃもう嬉しそうで、わたしは遠くから眺めては泣いていたんだよ。どうして子を授からぬのでしょう。神様を恨みますって、はっきり口にしちまった。きっと、そのせいで天罰が下ったんだ」

おえんは喋りながら、小娘のように泣きべそを掻きはじめる。

おまつは妻恋坂の途中で足を止め、労《いたわ》るように囁いてやった。

「今日はよそうか」

「え」

「未練を引きずっているんなら、坂道を下りたほうがいい。でも、もし、新しい自分になりたいんなら、坂道を上るんだよ」

「新しい自分」

「そうさ、あんたは不幸の味に慣れちまって、自分を見失っている。こんどのことではっきりしたろ。亀次郎はどうしようもない男さ。だのに、あんたはいつまでも踏んぎりがつかない。未練があるんじゃなくて、踏みだす勇気がないんだよ。幸福なんてものはね、むこうからやってきちゃくれないんだ。自分からつかまえにいかなきゃ、だめなものなんだよ。わかったかい。行くか戻るか、道はふたつにひとつ、決めるのはおえんちゃん、あんたなんだよ」

道端に蕗の薹が伸びている。

おえんは袂で涙を拭いた。

「うん……ありがとう、おまっちゃん」

三人はまた、坂道を上りはじめた。

「今日も梅見日和だねえ」

おまつが晴れやかに笑う。

梅の香りが、ほんのり漂ってきた。

おえんの顔も、心なしか上気している。

鳥居をくぐると、子供たちが稲荷明神の幟を奪いあっていた。

「わあい、わあい」

戯《たわむ》れる子供たちのことを、職人風のひょろ長い男が見つめている。

じっと動かず、穏やかな笑みを浮かべながら、眸子を細めていた。

「おまっちゃん、あのおひとかい」

「そうさ、梅吉さんだよ」

おえんはぽっと頬を染め、おまつに笑顔をむけた。

どうやら、いっぺんで気に入ってくれたらしい。

「子供が好きそうなおひとだね」

子供たちのなかには、梅吉の子も混じっているはずだ。

「源太《げんた》っていうんだ、青《あお》っ洟《ぱな》を垂らした腕白坊主《わんぱくぼうず》さ」

よかったら連れて来ないかと、おまつが声を掛けた。

どうせなら、最初から父子揃って逢ったほうがいい。

そのほうが、とんとん拍子《びょうし》にはなしも進む。

おまつには、そんな予感があった。

三左衛門の目でみると、少しばかり焦りすぎのきらいもある。

一刻も早くふたりに所帯をもたせ、亀次郎の影を追いはらおうとしている。そんなふうに感じられてならないのだ。

「おえんちゃん、あんたも子供好きよね」

「うん」

「他人の子を育てる自信はあるかい」

「子供は誰の子でも可愛いものさ」

おえんは瞳を輝かせ、戯れる子供たちに目を遣った。

こちらに気づいた梅吉が、深々とお辞儀をしてみせる。

そのすがたがじつに頼もしく、職人というよりも、道場での申し合いに挑む剣士のようにも感じられた。

「何やら、お侍のようだねえ」

奇《く》しくも、おえんの口から漏れたことばに、三左衛門は一抹の不安をおぼえた。

五

おえんのことばが、いつまでも頭から離れなかった。

侍かもしれないという目で見ると、さり気ない所作のひとつひとつにも疑念を抱かせられた。

たとえば、子供たちが棒を拾って剣術ごっこをはじめたときなどは驚かされた。源太だけが棒を拾わず、叩かれるにまかせていたのだが、ついに耐えられなくなり、棒を手にするや、他の子らをこてんぱんに叩きのめした。意気揚々《いきようよう》と戻ってきた源太を、いきなり、梅吉は平手で張り倒したのである。

他人にたいして物を使ってはいけないと、平常から躾《しつ》けられていた。禁を破った源太は折檻《せっかん》されたうえに、叩いた子らのもとへ謝りにいかせられた。

梅吉の厳しい一面を見せつけられ、益々、疑念は膨らんでいった。

――お侍のようだねえ。

おえんのことばが、どうにも気になって仕方ないのだ。

二日後、三左衛門はおまつには内緒で、梅吉を訪ねてみた。

女たちには知られたくない事情があるのかもしれない。だとすれば、それを聞きださねばならぬとおもった。善人の面をかぶった悪党かもしれず、そうであるなら面をひんむいてやろうと、秘かに意気込んでもいた。

梅吉が何らやましいことのない職人なら、三左衛門の疑念は杞憂《きゆう》に終わる。本音を言えば、そうなってほしかった。あれほど一生懸命に世話を焼こうとしているおまつを悲しませたくはない。

竪川《たてかわ》の土手際一面には、犬ふぐりが咲いていた。

紫と白の可憐な花で、朝陽を浴びて咲きみだれる。

梅吉の暮らす九尺店《くしゃくだな》は、回向院の裏手にあった。

研師の部屋は北向きなので一日じゅう薄暗く、寒々としている。研ぎあがりを見定めるべく、一日中光線の変化がない北向きを好むのだ。さらに、水はけをよくするため、床が舟底に改造されてある。整然と並ぶ大小の砥石《といし》と小判型の砥《とぎ》盥《だらい》、あるいは板間の随所にまとめ置かれた白刃の束が、室内をいっそう冷たくしているようにも感じられた。

梅吉は刀研ぎに集中しており、三左衛門が敷居をまたいでも気づかない。

いや、気づかないふりをしているのだろう。

荒研ぎ用の海上石《うなかみいし》に青白い刀身を当て、押すときは強く、引くときは弱く、まるで四角い石と格闘でもしているかのように、梅吉は同じ動きを飽くこともなく繰りかえしている。

三左衛門は上がり口に腰掛け、床に転がった砥石を何気なく拾いあげた。

梅吉がやっと顔をあげ、焦点の合わない眸子でみつめてくる。

わずかに、頬を弛めた。

「これはこれは、おまつさんのおつれあいさま。ちっとも気づきやせんで、あいすみません」

「立たずともよい。仕事をつづけてくれ」

「茶ぐれえは淹《い》れさしてくだせえ」

梅吉は立ちあがり、腰を伸ばした。

三左衛門が手にした砥石をもちあげる。

「これ、甘楽《かんら》の御用砥《ごようと》かな」

「よくおわかりで」

「上州富岡の生まれでな、甘楽の砥沢村《とざわむら》は故郷に近い」

「なるほど、さようでしたか」

「砥沢村の山は、まるごと砥石のようなものだ」

甘楽郡砥沢村は、中山道《なかせんどう》の脇往還《わきおうかん》として知られる富岡下仁田街道《しもにたかいどう》沿いにある。良質の砥石が採掘されるので、幕府は村を直轄領とし、富岡に御用砥の荷継宿をつくった。富岡城下には砥蔵《とくら》屋敷が整然と居並び、かつて三左衛門が禄を食《は》んだ七日市藩も運上金《うんじょうきん》のおこぼれにあずかっている。

「どうぞ」

「お、すまぬ」

三左衛門は出された煎茶《せんちゃ》を啜《すす》った。

「ほかでもない、じつは、刀を研いでもらおうとおもってな。馴染《なじ》みの客しか相手にしてもらえぬと聞いたが、そうなのか」

「おつれあいさまのご依頼を、お断りできるわけがありやせん」

「ありがたい。ではこれを」

三左衛門は大刀ではなく、脇差のほうを差しだす。

梅吉は不審そうな顔をした。

「あの、脇差だけでよろしいので」

「ふっ、大刀のほうは見かけ倒しでな」

鯉口《こいぐち》を切り、三寸ばかり抜いてやる。

光はない。竹光であった。

「脇差は業物《わざもの》だぞ。先祖伝来の逸品でな。遠慮はいらぬ、抜いてみてくれ」

「では」

すちゃっと、脇差が抜かれた。

蒼白い輝きが目に飛びこんでくる。

銀砂をまぶしたような地肌、焼き目には艶やかな濤瀾刃《とうらんば》が浮かんでいる。

梅吉の眸子が鋭く光った。

刀身を立て、寝かせ、舐めるように眺め、ふうっと嘆息してみせる。

「驚きやした。最上の業物でやすね」

「わかるか。どうしても、それだけは捨てられぬ。だから、武士を捨てることもできず、中途半端な人生を歩んでおるというわけだ」

「研いでおられますな、これはご自身で」

「ふむ。時折、やってはみるのだが、やはり、そこは餅は餅屋、腕の良い研師を捜しておったところさ」

「棟区《むねまち》に刀身彫刻がござりやすね。毘沙門天《びしやもんてん》、薬師如来《やくしにょらい》、そして文珠菩薩《もんじゆぼさつ》」

「越前《えちぜん》記内《きない》の彫った三体仏さ、ま、わしの守護神だな」

「なるほどねえ。あの、茎《なかご》を拝見してもよろしいですか」

「どうぞ」

梅吉は手際よく目釘を抜き、柄をはずした。

「あ」

驚くのも無理はない。

茎には葵紋が鑽《き》られている。

「これは、越前康継の葵下坂《あおいしもさか》」

「さよう」

「あっしら研師が生涯に何度もめぐり逢えねえお品だ」

「研いでくれようか」

「喜んで承《うけたまわ》りやしょう」

「ほ、ありがたい。お代は」

「三朱でいかがです」

「安すぎやしないか。別の研師に一両と言われたことがあるぞ」

「おまつさんにゃ感謝してもしたりねえ。おつれあいさまのご依頼でやす。只でやらしてもらいてえところだが、それじゃけえって失礼だ」

「かたじけない」

三左衛門は、ぺこりと頭をさげる。

ふと、ひと振りの本身《ほんみ》に目が留まった。

「ほう、見事な三本杉の刃文だな」

「刀匠《たくみ》が誰か、おわかりになられやすかい」

「関《せき》の孫六《まごろく》」

「ご明察。お詳しいですね」

「偶《たま》さか、目にしたことがあっただけさ」

「ふらりと立ちよられたご浪人が、そのお品を預けておいでになられやした。困ったことに、研いでも研いでも血曇りが消えやせん」

「血曇りが」

「へえ、人を斬った孫六なのでごぜえやす」

「人を斬った刀には怨念が宿るとも聞く。それかな」

「かもしれやせん」

「早々に引きとってもらうことだ」

「それができねえもんで、困っておりやす」

「なぜ」

「じつは、お預かりしたのが三年もめえのはなしなので」

梅吉はさらりと言ってのけ、淋しそうに笑った。

少し不気味に感じつつも、三左衛門は腰を浮かせた。

「すまぬな。つい、長話になってしまった。そろそろ、暇《いとま》せねばならぬ」

「あの、脇差はいつまでに」

「別に急ぎはしない」

「竹光じゃ不安でやしょう。昨今は昼の日中でも辻強盗《つじごうとう》に襲われる。嫌なご時世でやす」

「見てのとおりの貧乏浪人、襲うてくれる悪党もおるまい。ふふ、研ぎあがりはそちらの都合でよい」

「それなら、三日後に」

「三日後といえば、涅槃会《ねはんえ》だな」

「縁起がお悪いようなら、明後日でも」

「いや、結構。涅槃会にまたやってこよう。ではな」

三左衛門は梅吉に背をむけ、振りかえらずに外へ出た。

脇差を預けたはいいが、肝心なことを聞きあぐねた。

侍だったのかどうか。もし、そうであったなら、どんな事情で侍を捨てたのか。

梅吉は、聞いてはいけないような空気を纏《まと》っていたのだ。

「機会はまたある」

三左衛門は、おまつの心情をおもった。

おまつの悲しむすがただけは見たくない。となれば、おえんには幸福になってもらわねばならなかった。そのために、梅吉の人物鑑定に乗りだしたのだ。

「われながら、お節介《せっかい》な男だな」

だからといって、抛っておけば夢見が悪くなる。

三左衛門は回向院を横に眺め、両国橋の東詰めにむかった。

ふと、相生町《あいおいちょう》の四つ辻から、尺八《しゃくはち》の音色が聞こえてくる。

痩せた虚無僧《こむそう》がひとり、滑るように近づいてきた。

「ん」

三左衛門はなぜか、背筋に悪寒をおぼえた。

虚無僧は異様な殺気を放っている。

帯に手をやった。
「くそっ」
脇差がない。
心ノ臓が早鐘《はやがね》を打ちはじめた。
抜き打ちにされたら、ひとたまりもなかろう。
相手に緊張が伝わったのか、尺八の音色がやんだ。
と、そのとき。
四つ辻から、見知った男の子が飛びだしてきた。
「源太」
天の助けとばかりに、三左衛門は男の子の名を呼んだ。
呼ばれた源太は「誰っ」という顔で、小脇を擦りぬけてゆく。
ふたたび、尺八の音色が聞こえてきた。
虚無僧は知らぬうちに擦れちがい、どんどん遠ざかっていった。
三左衛門は、ほっと胸を撫でおろした。
源太がいなければ、斬られていたかもしれぬ。
そんな気がして、冷や汗が滲みだしてきた。

六

翌日、三左衛門はおまつに付きそい、おえんのもとを訪ねた。

梅吉とつぎに逢う段取りを相談しなければならない。できれば、つぎは結納までもっていきたいなどと、おまつは急《せ》いたことを言う。

脇差を預けたことは喋っていない。なぜか、秘密にしておきたいという心理がはたらいていた。

敷居をまたぐと、お歯黒《はぐろ》に使う鉄漿《かね》の臭いに鼻をつかれた。

柄に巻く黒糸は鉄漿で染めるため、柄巻師の部屋は独特の臭気につつまれている。

柄巻は柄をつくる最終工程だ。鮫皮張りされた柄生地《つかきじ》を補強するとともに、滑り止めをほどこすためにおこなう。当然のごとく、巻き方の妙による美しさも求められる。絡《から》巻き、結玉《むすびだま》巻き、捻《ねじり》巻き、雁木《がんぎ》巻き、蛇腹糸組上《じゃばらいとくみあげ》巻き、顧客の趣向に合わせ、さまざまな手法を駆使しながら、実用と観賞の両面を追求しなければならない。

柄糸の種類も、高麗《こうらい》、龍甲《りゅうこ》、蛇腹、琴などさまざまで、色についても白茶、鶯茶《うぐいすちゃ》、献上茶《けんじょうちゃ》、金茶、焦茶《こげちゃ》など多岐におよぶ。鉄漿で染めた黒は茶色がかって深みがあり、人気の高い色だった。

おえんは仕立箱を抱えこむように、組糸を巻いている。床や畳にはやっとこや鋏《はさみ》、松脂《まつやに》と菜種油《なたねあぶら》を混ぜて煮たくすね（接着剤）などが散乱していた。

おえんは顔もあげない。

根を詰めているので、来客にも気づかない。

職人の面魂《つらだましい》をしていた。

刀を手にする三左衛門には、柄巻の難しさがわかる。

手で握ったとき、ふんわりとした感触のものが良い。

おえんは、そのあたりの勘所《かんどころ》をつかんでいる。巻くときに挿入する菱紙《ひしがみ》の善《よ》し悪《あ》しに掛かっているとも聞くが、やはり、握りがしっくりくるかどうかは柄巻師の技倆《ぎりよう》に負うところが大きいと、三左衛門はおもう。

「ちょいと、ごめんなさいよ」

風呂敷包みを背負った中年男があらわれ、敷居をまたいではいってきた。

風体から推すと、刀拵え問屋の手代らしい。

おえんの仕事っぷりをよく知る男だ。

「毎度ながら、惚れ惚れする手つきだねぇ」

手代が声を掛けると、おえんはふっと顔をあげた。

上気した顔で手代を見、佇む三左衛門とおまつを見比べる。

「あ、おいでなされまし」

ようやく我に返り、鉄漿を塗った歯をにゅっと剝いてみせる。

すかさず、おまつが言った。

「おえんちゃん、その歯をどうにかしようね」

「え」

「亀次郎のために塗った鉄漿なんぞ、早々に落としちまいな」

手代は脇で仕上がった品物をまとめている。それが済むと、鮫皮張りの柄をごっそり置いていき、また頼みますよと、ひと声掛けて出ていった。

おえんは拳骨《げんこつ》で肩をたんとん叩き、立ちあがって腰をくっと伸ばす。

急須《きゅうす》の茶葉を新しいのに入れかえ、煮花を淹れてくれた。

「おかまいなく」

おまつは雪駄を脱いであがり、畳のうえに座った。

畳は四帖半しかないので、三左衛門は上がり口に尻をおろす。

「おまえさん、脇差は」

ふいに、おまつが声を掛けてきた。

「あれ、どうしたっけな」

と、口ごもる。

「近頃、物忘れがひどいんじゃないの、うふっ」

おまつは屈託《くったく》なく笑い、熱い茶碗を両手で包みこむ。

「今日は冷えるねえ。名残《なごり》の雪が降るかもしれないよ」

雪涅槃ということばもあるとおり、涅槃会が近づくと、江戸は一時だけ雪化粧をほどこされる。湿気をふくんだ牡丹雪《ぼたんゆき》なので積もる心配はない。半日で消える雪だ。

「どうだい、決心はついたかい」

おまつが水をむけると、おえんは冴えない顔で俯《うつむ》いた。

「あれ、またそんな顔をする。梅吉さんのこと、気に入ったんだろ」

「おまっちゃん、梅吉さんがどうのというんじゃないんだよ」

「なら、息子の源太かい」

「いいや、あの腕白坊や、可愛らしいよ」

「だったら、何。言ってごらんよ」

　おえんは言いあぐねたが、おまつに膝を突っつかれて観念した。

「あのひとがね、なぜ、三年ぶりに帰ってきたのか。そのことが気になってしょうがないんだよ」

「本人に聞かなかったの」

「あのひとがいるときは、そこまで頭がまわんなかったの。あとになって、あれもこれも聞いておけばよかったって」

「そんなものさ」

「お金にしたって、盗まれたのは五両あったうちの一両だけだし」

「盗んだことにかわりはないじゃないか」

「まあ、そうなんだけど。それにね、あのひとの吐いた台詞《せりふ》をおもいだしたんだよ」

「何て言ったんだい」

「わたし、別のひとと所帯をもちたいって正直に告げたのさ。そうしたら、あのひと、おめえはおれの気持ちがちっともわかってねえって、そう言ったんだよ」

「何を莫迦な。それが三年ぶりにひょっこり帰ってきた表六玉《ひょうろくだま》の台詞かねえ」

「でもね、わたしはおもうんだよ。あのひとがいなくなったのには、よっぽどの理由があったにちがいないってね」

「女房にも言えない理由があるってのかい」

「うん。そいつを聞かずに梅吉さんと逢っちまったことを、じつは後悔しているのさ。よくよく莫迦な女だよ、わたしは」

「いなくなった理由を聞こうにも、亀次郎は放生会《ほうじょうえ》で川に放された亀も同然さ。つぎに帰ってくるのは三年後かもしれないよ」

おまつは皮肉を並べながらも、しょうがないねえと溜息を吐《つ》いた。

「ごめんね、どっちつかずでさ」

「ま、それが女心というものだ。でも、おえんちゃん、そろそろ、びしっと決めてもらわなくちゃいけないよ。梅吉さんみたいに良いおひとは、そうそう捜せるもんじゃない。十分一屋のわたしが言うんだから、ぜったいさ」

「あのひとさえ帰ってこなかったら、わたしだって疾うに」

おえんは口をつぐみ、畳に目を落とす。

おまつは畳に指をつき、尻を重そうにもちあげた。

「さ、おまえさん、お暇しよ」

合図を送られ、三左衛門も腰をあげた。

そのとき、どこからか、尺八の音色が聞こえてきた。

「おや、こんな裏店に、尺八だなんてめずらしいねえ」

おまつも聞き耳を立てる。

おえんが応じた。

「そういえば、このところ、よく聞くよ」

「へえ」

「大家さんは下総《しもうさ》の一月寺《いちげつじ》から托鉢《たくはつ》にやってきた連中だろうと仰るけど、貧乏人の住まう裏店をまわってもねえ」

「ほんとうだ、骨折り損の何とやらだね」

下総国の松戸《まつど》にある一月寺は、関東一帯の虚無僧を束ねる総本山である。寺は安房《あわ》、上総《かずさ》、下総の住民から喜捨《きしゃ》を受けていたが、虚無僧はその恩恵に与《あずか》らず、あくまでも「一銭一鉢」の掟《おきて》を守りながら托鉢して歩いた。

虚無僧になる者のなかには、武者修行中の者、敵討ちを求めている者などもいる。浅草寺《せんそうじ》雷門前《かみなりもんぜん》の東仲町《ひがしなかちょう》に、虚無僧を管理する一月寺の番所があった。

三左衛門はさきほどから、胸騒ぎをおぼえている。

昨日、道で擦れちがった虚無僧のことが浮かんでいた。

「なんだか、気味の悪い音色だね」

と、おまつは訝《いぶか》しんだ。

尺八の響きは、寒さをいっそう深めている。

七

涅槃会。

おもったとおり、牡丹雪が降った。

大きな雪片は地に落ちるや、すぐに溶《と》けてゆく。

雪涅槃、雪の別れ、いずれも儚《はかな》いものの喩《たと》えだ。

三左衛門は物淋しい気分を味わいながら大橋《おおはし》を渡り、回向院の裏手へと急いだ。

腰に差した竹光は、あまりに軽い。越前康継の脇差があるとないとでは、腰の据わりがあきらかにちがう。

早く梅吉から康継を返してもらわねば。

落ちつかない心持ちが、自然と足を急がせた。

竪川の土手際に犬ふぐりは咲いておらず、灰色の天を仰げば、鳶《とんび》が獲物を狙って旋回している。

「不吉な」

あの虚無僧はいったい、何者なのだろう。

本所と神田の裏店を托鉢してあるく虚無僧が同一人物ならば、何か狙いがあって梅吉とおえんのあいだを行き来しているのにちがいない。

それとも、考えすぎなのか。

腰の軽さが、根拠のない不安を掻きたてるのか。

雪の落ちる竪川の汀《みぎわ》に、一艘の苫舟《とまぶね》が繋がれていた。

莚《むしろ》をはねのけ、夜鷹《よたか》らしき女がむっくり起きあがった。

夜鷹は朝っぱらから商売などしない。

化粧の剝げた顔で睨《ね》めつけられ、三左衛門はおもわず目を伏せた。

別の気配を察して顔をあげると、うらぶれた風体の男がぽつんと立っている。

五分月代《ごぶさかやき》の小柄な男で垢じみた袷《あわせ》を羽織り、歯の根も合わせられないほど震えていた。

「だ、旦那……お、おまつさんのおつれあいさまで」

声を掛けられて、どきりとしたが、咄嗟《とっさ》に襟を寄せて威儀《いぎ》を正す。

「誰だ、おぬしは」

「か、亀次郎でごぜえやす」

「ほう、おぬしが亀次郎か」

「へい、あの……ちと、おはなしが」

「よし、暖をとろう。近所に開いておる店はあるかな」

「そこの角っこに、曖昧屋《あいまいや》がごぜえやす」

「曖昧屋か」

「小銭さえ払えば、入れてくれやすよ」

「おぬしといっしょに上がりたくはないな」

三左衛門は苦笑しながら、亀次郎の背にしたがった。

曖昧屋とは、表は料理屋や雑貨屋などの体裁をとりつつも、二階を待合《まちあい》がわりに提供する店のことだ。商売女などに重宝がられている。

踏みこんでみると、店の一階では駄菓子《だがし》や雑貨が売られていた。

小さな老婆が置物のように座り、丸火鉢の横でうたた寝をしている。

「ごめんよ、ちょいと上を借りるぜ」

亀次郎に目顔で促され、三左衛門は小銭を床に置いた。

老婆は眸子をあけようともせずに、寝息をたてている。

雪駄を脱いで板間にあがる。

背中に嗄れた声を掛けられた。

「炭が欲しけりゃ十文じゃ」

十文足してやると、老婆は歯の無い口で不気味に笑う。

皺に埋まった眸子は、白く濁っていた。

炭を貰って二階に行くと、手焙《てあぶり》がひとつ置いてある。

亀次郎は燧石《ひうちいし》を叩き、火種をつくった。

炭火が熾《お》きると、手焙をこちらへ滑らせる。

「どうぞ」

「お、すまぬ」

亀次郎は洟水を啜って正座し、両手で膝のあたりを握りしめた。

「すっかり、冷えこんじまいやしたね」

「ああ」

「鮫皮師にとっちゃ、嫌な季節でさあ。なにせ、糊が乾かねえもんで」

「まだ、鮫皮張りをやっておるのか」

「それしか、能がありやせん。へへ、稼ぐそばから飲代に消えていきやす。博打は二年前にきっぱりやめたんだが、酒だけはどうにもやめられねえ。酒をやめるんなら、死んだほうがましでやすよ」

亀次郎は咽喉《のど》を鳴らし、物欲しそうな顔をする。

どうやら、手の震えは、寒さのせいばかりではないらしい。

「おえんから盗んだ一両も、酒代に消えたのか」

「面目ねえ。酒屋に借金がたまってたもんで、ちょいと借りちまいやした」

「どうせ、返す気はあるまい」

「いいえ、おえんのやつが必死に稼いだ一両だ。死んでも返《けえ》すつもりでさあ」

怒ったような口調で言われ、三左衛門は面喰らった。

「で、わしに何の用だ」

「助けてほしいんでさあ」

「藪から棒に何を言うか」

「ほかに頼れるおひともいねえ」

「おぬしなんぞに頼られるおぼえはないぞ」

「おまつさんは義侠心《ぎきょうしん》に富んだおかみさんだ。おまつさんが惚れたおひとなら、きっと助けてくれるにちげえねえ」

「何をおもおうが勝手だが、迷惑なはなしだな」

「あっしだけじゃねえ。おえんも助けてやっておくんなせえ」

「おえんも」

「あれはあっしの恋女房でやす。あいつのほかに好いた女はいねえ」

「三年もほったらかしにしおって。薄情者の台詞ともおもえんな」

「お叱りはいくらでもお受けしやす。たしかに、あいつをほったらかしにしやしたが、気持ちが離れちまったわけじゃねえ」

事に寄せては佐柄木町の裏店に足をむけ、物陰からおえんの暮らしぶりを窺っていたという。

「何度、声を掛けようとおもったことか。でも、どうしてもできやせんでした。もうちょっと待とう、もうちょっと……そんなふうにおもいつづけ、気づいてみたら三年も経っていやがった」

「わからんな」

「そうでしょうとも。あっしが消えた事情を聞いていただかねえことにゃ」

「よし、聞いてやろう」

三左衛門は手焙を引きよせた。

酒が欲しい。が、ひとまずは我慢するとしよう。

「あれは今日みてえに、降りじまいの雪が降った宵《よい》のことでやした」

亀次郎は問屋から鮫皮を受けとり、家路を急いでいた。

問屋はおなじ神田でも神田川を越えた佐久間町《さくまちょう》にある。

佐柄木町へ戻るのに、亀次郎はいつも新シ橋《あたらばし》をつかっていた。

新シ橋は墨で黒く塗られた木橋である。それゆえか、橋桁《はしげた》が宵闇に沈んで見えた。

「勝手知ったる橋のうえ、あっしは提灯も持たずに小走りに渡りかけやした。そこで、目にしちまったんです」

「何を」

「殺し」

斬られたのは大店《おおだな》の旦那然とした恰幅《かっぷく》の良い男だった。あとで知ったのだが、それは暴利を貪る札差《ふださし》の主人にほかならず、腰巾着《こしぎんちゃく》の手代も一刀のもとに斬られていた。

「出くわしちまったんですよ、死神にね。あっしは必死で逃げやした。走っても走っても進まねえ。まるで、雲のうえを走ってるみてえだった」

「でも、何とか逃げのびた。その足で番屋に駆けこまなかったのか」

「そんなことができやすかい。でえいち、この顔を見られちまったんだから」

亀次郎は小汚い顔を差しだし、頬をぴしゃぴしゃ叩いてみせる。

「相手はひとりか」

「へい」

「夜目ではっきりと見えなかったろうに」

「どうだか。あっしは仰天しちまって、鮫皮の詰まった道具箱一式をその場に捨てて逃げちまったんでやす」

暗がりで顔の判別はつかずとも、道具箱から素姓が知れるにちがいないと、亀次郎はおもった。

「だから、消えたのか」

「へい、長屋に帰《けえ》ったら、人殺しが待っているかもしれねえ。そうなりゃ、おえんにも災禍がおよぶ。まんがいちのときにゃ、事情も何も知らねえほうがいい。

知らぬが仏をきめこめば、相手もあきらめてくれる。ひと月も経ちゃ、ほとぼりも冷めよう。それから帰って事情をはなしゃいい。そんなふうにおもっちまって、江戸からおん出たんです」

千住宿《せんじゅしゅく》を経由して奥州街道《おうしゅうかいどう》を北上した。

自分でも知らぬうちに、寒いほうへ寒いほうへむかったのだという。

ところが、ひと月経ち、ふた月経ち、日が経つにつれて戻りづらくなった。

「今頃、どの面さげて帰ってきたって、長屋のみんなに責められるにきまってる。そんなこんなでずるずると……気づいてみたら、三年経っておりやした」

「何でいまさら戻ってきた」

「旦那、そこなんで」

おえんが見合いをするというはなしを小耳に挟み、亀次郎は驚いて相手の居所を調べてみた。

「相手は本所に住む刀研師だ。そいつの顔を見てやろうとおもい、回向院の裏手に足をむけやした」

梅屋敷で見合いが予定されていた前日、夕方のことであったという。

「あっしは物陰に隠れ、梅吉って野郎の顔をこの目でみたのでやす。仰天しちまって、腰を抜かしかけやした」

梅吉の顔は何と、札差殺しの下手人とうりふたつであった。

「まさか」

「まちげえねえ。あの血走った眸子だけは、忘れようにも忘れられやせん。刃みてえに鋭え目だった」

亀次郎はふたりを会わせまいとして、おえんのまえに姿をあらわした。

だが、三年前にいなくなった事情を告げることはできなかった。

「あっしは命を狙われておりやす」

「誰に」

「連中です。旦那、佐柄木町の裏店で尺八の音色を聞いたことがありやせんか」

「ある」

「でがしょう」

「それがどうした」

「虚無僧が梅吉と立ち話しているのを、この目でみたんですよ。きっと、やつらは仲間にちげえねえ。殺しを目にしたあっしを捜しつづけ、とうとう、おえんの亭主だってことを嗅ぎつけたんだ。梅吉はそれと知って、おえんに近づいてきやがった。おえんを締めあげて、あっしの居所を吐かせようとするにちげえねえんだ」

「しかしなあ、おえんと梅吉を結びつけたな、おまつだぞ」

「そのへんのところは、梅吉がうめえことやったにちげえねえ。どっちにしろ、あの人殺し野郎を、おえんに近づかせるわけにゃいかねえんだ」

「もう遅い。ふたりは見合いをやった」

「へ」

「知らぬのか」

「知りやせんでした」

「抜け作め」

亀次郎は勝手に想像を膨らませ、おえんの周囲をちょろちょろ動きまわっている。

だが、あながち、すべてが勘違いだと言いきれぬ部分もある。

たとえば、件《くだん》の虚無僧が梅吉と逢っていたというのなら、ふたりのあいだには何らかの関わりがあるのだろう。それを早急に確かめてみなければならない。

「旦那あ、あっしはどうすれば」

「ここで待ってろ」

「曖昧屋で」

「ああ、そうだ。梅吉の正体がはっきりしたら、おえんにありのままを告げ、許しを請うしかあるまい」

「ありがてえ。悪党どもの素姓を探っていただけるのでやすね」

成りゆき上、そうせざるを得ない。

厄介なことになったなと、三左衛門はおもった。

八

雪は降りつづいている。

尺八の音色が聞こえたようにおもい、三左衛門は耳を澄ました。

四つ辻を左手に曲がれば回向院の裏手、川沿いにまっすぐすすめば竪川と六間《ろっけん》堀《ぼり》の分かれ際が見えてくる。尺八の音色は分かれ際をさらに越え、川向こうから聞こえてきた。

曲がらずに竪川沿いの道をすすみ、二ツ目之橋《ふためのはし》を渡って林町《はやしちょう》に出る。

鉤《かぎ》の手に屈折した五間堀《ごけんぼり》に行きつく手前に、広大な寺領がひろがっていた。

弥勒寺《みろくじ》である。
境内に足をむけた。
音色が次第に近づいてくる。
参道は薄衣を敷いたように白く、踏みつけると足跡がついた。
探してみると、怪しい足跡がふたつ重なるようにつづいている。
三左衛門は足跡を追って、慎重に歩をすすめた。
尺八の音色がやんだ。
足跡は点々と本堂につづき、石段の手前で右に折れていた。
注連縄《しめなわ》の巻かれた杉の大木が聳《そび》え、枝蔭に古びた祠《ほこら》が見える。
足跡は祠の正面を斜めに突っきり、裏手の死角にむかっていた。
三左衛門はこのときになって、脇差がないことをおもいだした。
戻るか。
不測の事態が起こったら、竹光ではまともに闘えない。
刃物に頼っている自分が、つくづく情けない男だとおもう。
すすむのだ。
ここまで来て戻る手はない。

勇気を出して祠のそばまで行くと、男の声が聞こえてきた。

「やれぬというのか。おぬしらしくもないな。以前のおぬしは、相手が誰であろうと断らなんだぞ」

「わしは足を洗った。何度も言ったはずだ」

「妻女の冬実《ふゆみ》どのを労咳《ろうがい》で亡くし、薬代《やくだい》を稼ぐ必要もなくなったというわけか」

「どうとでもおもえ」

「相手は居合抜《いあいぬ》きの達人でな、伯耆流《ほうきりゅう》居合術を修めたおぬしでなければ、とうていできそうにない仕掛けなのよ。稼ぎはいい。三十両にはなるぞ」

「金などいらぬ」

「そう申すな。これが最後の仕掛けだ。首尾良く済ませたら、金輪際《こんりんざい》、すがたは見せぬ」

「断る」

「孫六の三本杉が泣いておるぞ。すっかり、錆びついてしまったのではないか」

「錆びてはおらぬさ」

「ふふ、そういえば、おぬしは研師であったな。出雲《いずも》にこの人ありと言われた樫《かし》原源之進《はらげんのしん》も堕《お》ちたものよ」

「はなしは仕舞いだ。二度と顔を見せないでくれ。さもなくば、おぬしを斬らねばならぬ」

「朋輩《ほうばい》のわしを斬るのか。ふん、それで三本杉を携えてきおったわけだな」

「松江藩《まつえはん》（十八万六千石）の禄を食んでおるときは、たしかに朋輩であったかもしれん。が、出奔《しゅっぽん》してから、おぬしは変わった。困窮《こんきゅう》する領民におもいを寄せ、無為無策の藩政を公然と批判してみせた、気骨ある武士の横峰文悟《よこみねぶんご》は刺客稼業の手配師になりさがった」

「そのおかげで、おぬしも美味《うま》い飯が食えたのであろう。妻女に人参《にんじん》を買ってやることもできたのではないか」

「ああ、そうだ。江戸の風は、わしらのような田舎侍には冷たすぎた。生き抜くためには何でもした。仕舞いには人の道を外れてしまったが、おぬしには感謝しておる。されど、もう終わったことだ」

「終わらせまいぞ。おぬしには断れぬ」

「なぜ」

「昨日も一昨日も、わしは源太と遊んでやった。河原でな、印字打《いんじう》ち（投石術）を教えてやったのだわ」

「おぬし……源太を盾に取る気か」

「そうでもせねば、動くまいが」

「くそっ、性根まで腐りおって」

「おっと、抜いても無駄だぞ。わしの逃げ足が速いのは、よう知っておろう。明日夕刻、段取りを報せに参る。三本杉をじっくり研いでおくがよい」

ぎりっと、歯軋《はぎし》りが聞こえた。

はなしは終わったらしい。

三左衛門は、暗い祠のなかに身を潜めた。

祠の主は、蜘蛛《くも》の巣まみれの地蔵菩薩だ。

地蔵菩薩は賽《さい》の河原《かわら》の幼子を法衣《ほうえ》の内に隠し、鉄棒を担いだ鬼から守ってやる。天上界においては、釈迦入滅《しゃかにゅうめつ》ののち、弥勒が世に出るまでのあいだ、衆生《しゅじょう》を救う重責を負っている。

尺八の音色が尾を曳き、参道のむこうに遠ざかってゆく。

祠から出てみると、研師の梅吉がまだそこに立っていた。

顔色は刀身のように蒼白く、双眸《そうぼう》は怒りを漲《みなぎ》らせている。

「よう」

気楽に声を掛けてみた。

梅吉はぎょっとし、腰溜めに身構える。

「ちょっと待った。そいつは関の孫六かい」

返事はない。

梅吉の五体が殺気を帯びた。

「浅間三左衛門か。なぜ、ここにおる」

「怪しげな尺八の音に誘われて、とでも申しておこうか」

「何者だ、おぬし」

「知ってのとおり、十分一屋のつれあいだが、都合の悪いことでもあるのかい」

「幕府の隠密ではあるまいな」

「まさか」

ぷっと、吹きだしそうになる。

「案ずるな。おぬしが何者であろうと、お上に突きだすような野暮はせぬ」

梅吉の肩から、すうっと力が抜けた。

無論、警戒を解いたわけではない。

「血曇りの消えぬ孫六、まさか、おぬし自身の差料《さしりよう》だったとはな。この際、あの虚無僧が何者だろうと、知ったこっちゃない。幼子を盾に取って脅しをかける態度が気に食わぬ」

「気に食わぬというて、おぬしに何ができる」

「さあな。問いに応えてくれれば、知恵を貸してやれるかもしれん」

「何が聞きたい」

「亀次郎のことさ」

「誰だ、それは」

「おや、知らぬのか」

「知らぬ」

三左衛門は、梅吉の目をじっとみつめた。

どうやら、嘘ではなさそうだ。

「三年前、新シ橋で札差と手代が斬られた。そいつを見てしまった鮫皮職人がいる。亀次郎さ」

「なに」

「目の色を変えたな。やはり、新シ橋の殺しは、おまえさんの仕業だったのか」

梅吉は黙したまま、じっと睨《にら》みつけてくる。

「亀次郎はその足で江戸からすがたを消した。恋女房を独りにして、三年も帰ってこなかった」

「三年」

「さよう、三年だ。女房は、帰ってくるあてもない亭主を待ちつづけるのに疲れた。新しい人生を出発させようと、ある男と見合いをした。男をひと目で気に入ったが、踏んぎりがつかずに悩んでおる。亭主のことが忘れられぬのだ」

梅吉は、顎《あご》を小刻みに震わせはじめた。

「ま、まさか」

「さよう。亀次郎の恋女房とは、おえんのことだ。これほどの偶然が世の中にあろうとはな。わしはてっきり、おまえさんはすべてを知ったうえで、おえんに近づいてきたのかとおもった。亀次郎はそう考えておるぞ。ま、どっちにしろ、神仏はちゃんとご覧になっておられる。来し方の過ちを清算しないことには、前にすすめぬということさ」

「清算か、どうすればよい」

「まずは、おまえさんの事情を聞こう。知恵をしぼるのはそれからだ」

梅吉は頷いた。

が、あらためて聞くべきことはあまりない。

虚無僧との会話で、事の経緯は憶測できた。

前途有望な松江藩の藩士ふたりが藩政を批判して出奔し、江戸に居をさだめたものの、極貧暮らしに耐えきれず、刺客稼業に身を堕とした。誘ったのは虚無僧のほうで、梅吉には誘いに乗らざるを得ない事情があった。妻女の薬代を稼ぐため、人斬りになったのだ。

おなじ立場なら、三左衛門も堕ちていたにちがいない。

梅吉は不運な男だ。同情はする。しかし、事情がどうであったにせよ、人の道を外れたことにかわりはない。罪を償《つぐな》う気があるのなら、自分自身で方法を見出すことだ。

ともあれ、おえんがとばっちりを受けることだけは避けたかった。

こんぐらがった糸を解き、八方まるくおさめねばなるまい。

ちと荷が重いかなと、三左衛門はおもった。

梅吉が刃物のような目で、じっと見つめている。

九

午後になると、雪は熄《や》んだ。

これで降りおさめ、明日からは日毎に暖かくなる。

江戸の春を満喫《まんきつ》するためにも、早くすっきりしたかった。

三左衛門の腰には脇差がある。

ずしっとした重みが心地好《よ》い。

梅吉の来し方を清算するには、これしかないという手をおもいついた。

明日、見事に成《な》し遂《と》げてみせるかどうかは、本人の心持ちひとつに懸かっている。

だが、そのまえに、最大の難問が立ちはだかっていた。

梅吉の事情が判明した以上、おえんと亀次郎を元の鞘におさめねばならぬ。

はたして、おえんがその気になってくれるのかどうか。

いちどは新しい人生を歩もうと決意しただけに、いざとなると二の足を踏むかもしれぬ。

亀次郎の失踪《しっそう》理由はあまりに突飛《とっぴ》すぎ、嘘の上塗りのようにしか受けとられかねない。ましてや、人殺しの下手人は梅吉なのだと吼《ほ》えまくったところで、信用されないにきまっていた。

おえんだけではない。おまつも信用しないだろう。

むしろ、おまつこそが最大の難関だった。

噛んでふくめるように説明すれば、理解してくれるはずだ。しかし、縁を結んだ相手が人殺しだったと知れば、思い悩んだあげく、寝込んでしまうかもしれない。

「困った」

こうなれば、嘘も方便か。

人というものは難しい生き物で、事実を包み隠さずに喋っても、かえって混乱を招く場合がある。嘘も吐きよう。あとで事情がわかったとき、じわりとありがたみが滲みでてくればそれでよいのだ。

そんなはなしを、楽隠居の八尾半兵衛から聞いたことがあった。

なるほど、至言かもしれぬ。

梅吉の事情は誰にも喋るまい。

そう、三左衛門は心にきめた。

十

夜になった。風は冷たい。

群雲《むらくも》が流れ、月を隠した。

亀次郎はたぶん、不安に胸を潰されそうなおもいでいることだろう。

三左衛門はおまつとおえんを誘い、本所の曖昧屋まで足を延ばした。

ふたりには「亀次郎に、ひと目だけでもおえんに逢いたいと泣きつかれた」とだけ伝えてある。一方、亀次郎には「くだくだしく事情は告げず、ただ、平謝りに謝りたおせ」と命じておいた。

あとはどうなろうと知らぬ。本人同士が決めることだ。

「ったく、困ったもんだノ介だよ。あの表六玉、こんなところまで呼びだしておいて、言いたいことがあるんなら、長屋を訪ねてくりゃいいのに」

「そうできぬ事情でもあるのだろうよ」

「にしても、何だろうね、ここは」

おまつは古びた建物のまえで二の足を踏み、恐る恐るなかを覗いた。

「曖昧屋と言うそうだ」

「わかっているよ。二階は待合だろう」

店はまだ開いており、今朝ほどと同じ場所に、老婆がちょこんと座っていた。

「婆さん、邪魔するぞ」

大小を抜いて雪駄を脱ぎ、女ふたりを招きいれる。

老婆が唐突に喋った。

「炭が欲しけりゃ十文じゃ」

おまつとおえんが驚いて振りかえる。

三左衛門は階段を上りきった。

そこに、兎《うさぎ》のような赤い目をした亀次郎が待っている。

「おぬし、呑んでおるのか」

「けっ、呑まねえでいられるかってんだ」

「れろれろだな。ちと待っておれ」

三左衛門は顎を掻きながら、階段のしたに声を掛けた。

「すまぬ、合図するまで下にいてくれ」

「どうしたの、おまえさん」

「聞くな」

ぱっと袖をひるがえすや、大股で亀次郎に迫る。

「うおっ、何でえ」

有無を言わせず、ぼかっと頬桁《ほおげた》を撲《なぐ》りつけた。

「痛《いて》っ」

畳に転がる亀次郎を尻目に窓を開け、雨樋《あまどい》の底に溜まった雪解け水を空の貧乏《びんぼう》徳利《どっくり》に汲む。

貧乏徳利をぶらさげて戻り、酔いどれの襟首をつかんで起こした。

頬は腫れあがり、鼻血が垂れている。半ば気を失いながらも、亀次郎は唇もとに薄ら笑いを浮かべていた。

「ほら、起きろ」

五分月代に雪解け水を掛けてやる。

「ひぇっ、冷てえ」

亀次郎は首を振り、水を弾いた。

両手を畳につき、ひょいと顔をあげる。

「うっ……お、おえん」

亀次郎が目を瞠《みは》ったさきに、おえんが呆然《ぼうぜん》と立っていた。

おまつも階段の上がり口から覗いている。

「おまえさん、上がってきちまったよ」

「そうか」

「がつんとやっちまったのかい」

「まあな」

「あらあら、ひどい顔になっちまって」

おまつの漏らすそばから、おえんが小走りに寄ってくる。

ささくれだった畳に両膝をつき、泣きそうな顔で叫んだ。

「あんた」

「すまねえ」

亀次郎は肘《ひじ》を折り、畳に額を擦りつけた。

「おれにゃあよ、おめえしかいねえんだ」

「何をいまさら」

「三年も独りにさせて悪かったな、事情はおいおいはなす。おれは博打をやめた。酒だけはやめられねえ。でもな、おめえがやめろと言うなら、きっぱりやめる。金輪際、酒とはおさらばだ。おめえがいねえと、おれは生きちゃいけねえんだよ」

「何を莫迦なこと言ってんだい」

おえんは喋りながら、大粒の涙をぽろぽろこぼす。

「酒をやめちまったら、あんたじゃないよ」

「お、おめえ」

亀次郎は膝を躙《にじ》りよせ、顎を突きだした。

「いいのか、おえん。こんなおれで、いいのか」

「しょうがないよ。いっしょになっちまったんだから」

「おえん」

亀次郎とおえんは、泣きながら抱きあった。

おまつはとみれば、貰い泣きをしている。

やがて、おえんは我に返った。

三左衛門とおまつにむきなおり、三つ指をつく。

「ご迷惑をお掛けいたしました。お受けした御恩は生涯忘れません」

「従妹だろう、水臭いことは言いっこなしだよ。おえんちゃんがそれでいいんなら、わたしゃ構やしない。その唐変木《とうへんぼく》と一生付き合うんだね」

「あの」

「何だい」

「梅吉さんは」

「こっちでうまくやっておくよ。まかせておきな」

梅吉の名を耳にし、亀次郎がちらりとこちらを見た。

三左衛門は知らんぷりをきめこみ、貧乏徳利を持ちあげてかたむける。

隠し事をしているせいか、やたらに咽喉が渇いて仕方ない。

ごくごくと音を起て、雪解け水を呑みつづけた。

「おまえさん」

おまつが、白い手で差しまねく。

「ほら、あれ」

群雲の狭間《はざま》から、満月が顔を出している。

おまつにだけは嘘を吐けぬなと、三左衛門はおもった。

十一

翌夕、三左衛門は梅吉の様子を窺いに、本所の回向院裏へ足をむけた。

梅吉ではなく、今日ばかりは樫原源之進と呼ぶべきかもしれぬ。

樫原は武士らしく、愛刀の孫六で腹を切る覚悟をきめた。

かつての朋輩、横峰文悟の面前で見事に腹掻っさばいてみせ、命と引き換えに忌まわしい来し方の頸木《くびき》から逃れる。それ以外に、解決の妙案は浮かばなかった。

裏木戸を抜け、どぶ板のうえを歩んでゆく。

夕餉《ゆうげ》の食材を扱う物売りの出入りが忙しく、誰ひとりこちらを気に掛ける者もいない。

研師の住む部屋の腰高障子は開いており、舟板のほぼ中央に梅吉こと樫原源之進が正座していた。

予想どおり、先客がいる。

虚無僧に身を窶《やつ》した横峰文悟である。

背後の戸を閉めずにいるのは、いつでも逃げられるようにしておくためだ。

三左衛門は軒下の死角に潜んだ。

横峰の声が聞こえてくる。

「腹を括《くく》ったか」

「おう」

「よし、例によって相手の名も風体も知らぬ。そうとうな悪党らしいが、誰が何のために葬りたいのか、理由はわからぬ」

告げられるのは日時と場所のみ、その場所に行けば案内の者が待っている。

「くどい説明はいらぬ」

「ならば、言おう。明日亥《い》ノ刻（午後十時）、場所は神田裏猿楽町《うらさるがくちょう》、鍋弦横丁《なべつるよこちょう》の辻番に五郎左《ごろうざ》なる老爺がおる。そやつの指示にしたがえ」

「待て」

「なんだ」

「おぬしはそれで、わしの間合いから逃れておるつもりか」

「なに」

「そいっ」

樫原は片膝立ちから、ぐんと上半身を前傾させた。

刃風が唸り、水平に弧を描く。

抜いた瞬間は見えなかった。

凄まじい抜刀術だ。

「うっ」

横峰は一歩も動けない。

すちゃっと、本身が鞘に納まった。

と同時に、ふたつになった袈裟《けさ》がはらりと土間に落ちた。

横峰は声を失い、全身を震わせている。

間髪《かんはつ》を容《い》れず、樫原は着物の襟を開き、地肌をさらしてみせた。

「横峰よ、おぬしは朋輩ゆえ、命は取らぬ。そのかわり、ようく見ておけ」

ふたたび、白刃が閃いた。

「おっ、何をする」

「いや……っ」

裂帛《れっぱく》の気合いともども、白刃が腹に突きたった。

ぶしゅっと血が噴き、舟板に飛びちる。

「やめろ、樫原」

このときとばかりに、三左衛門《けえ》が躍りこむ。

「やい、梅吉。貸した金を返さねえか……うわっ」

水玉の手拭いを頬被《ほっかむ》りにし、借金取りを真似たのだ。

横峰はさっと深編笠《ふかあみがさ》をかぶり、慌てたように外へ逃れる。

後ろも見ずにどぶ板を駆けぬけ、裏木戸のむこうに消えていった。

三左衛門は、血の池に蹲《うずくま》る樫原に声を掛けた。

「行っちまったぞ、もう大丈夫だ」

樫原はむっくり起きあがり、ふうっと安堵の吐息《といき》を漏らす。

はだけた腹をみると、少しも金瘡《きず》はない。

あらかじめ、塗料で傷口が描かれている。

刃は虚無僧の袈裟を斬った得物《えもの》とはちがう。先端の潰れた刃引き刀で、本身の一部が柄内に埋まる細工がほどこされていた。しかも、埋まると同時に、柄頭に穿《うが》たれた穴から紅花《べにばな》の染料が噴出する仕組みになっている。

「いや、お見事。迫真の演技だった」

「本来なれば、姑息《こそく》な細工なしに腹を切らねばならぬところです」

「何を言う。おぬしは、源太のために生きねばならぬ。重い罪業を背負って生きつづけるのも償いの道さ」

「浅間どのに説得していただかねば、またひとつ罪を犯していたやもしれぬ」

「まあよい、終わったのだ。おぬしは早々に江戸から逃れねばならぬ。死人がいつまでも長屋におっては怪しまれるからな。ま、段取りは任せておけ」

と、そこへ、頬被りの若い衆が三人あらわれた。

「お、来たな」

「へい」

ふたりが死人を乗せる戸板を担ぎ、ひとりは菰《こも》を抱えている。

夕月楼の金兵衛に事情をはなし、若い衆を送ってもらったのだ。

染料にまみれた樫原が、遠い目でつぶやいた。

「源太は、どうしておろうか」

「夕月楼におる。さすがは武士の子だ。人前では泣かず、隠れて泣いておったわ」

「さようか」

「最低でも半年、江戸にはすがたを見せぬほうがよい。源太も半年の辛抱だ」

「承知した。くれぐれも源太を頼む」

「まかせておけ。預けるあてがある」

「それは」

「ま、よいではないか」

「かたじけない」

「さあ、そろそろ行ったほうがよい」

樫原は戸板のうえに寝かされ、目を瞑《つむ》った。

死人のふりをして、長屋から運ばれていかねばならない。

木戸の外には早桶《はやおけ》が待っている。

樫原は早桶に詰めこまれ、運ばれてゆく。

死人が目を開いた。

「ん、どうした」

「孫六を置いてゆく」

樫原は筵の下から、隠していた愛刀を差しだした。

「なぜだ、携えてゆけばよかろう」

「今日やっと、武士を捨てることができた。もはや、こいつに用はない。浅間どの、よろしければ貰ってくれぬか」

「せっかくだが、大刀は不得手《ふえて》でな。わしは小太刀しか使えぬのよ」

「さようか」

「よし、金兵衛に預かってもらおう。気が変わったら、返してもらえばよい」

「ふむ、お願いいたす。何から何まで申し訳ない。もうひとつ、聞いてよいか」

「なんだ」

「どうして、わしら父子《おやこ》を助ける」

「気にするな。世の中は相持《あいも》ち、相身《あいみ》たがいと申すではないか。困った者があれば、見ず知らずの者であろうと助けてやる。それがおなじ貧乏長屋に暮らす者の心意気というものさ。のう、ふはは」

樫原は戸板で運ばれていった。

長屋の連中はぎょっとして、声も出せない様子だった。

梅吉は血だらけで死に、冷たくなって運ばれていった。

狙いどおり、そんな噂が広まるにちがいない。

三左衛門は足取りも軽く、木戸をくぐりぬけた。

見上げれば回向院の甍《いらか》が、夕陽に赤く染まっている。

鴉《からす》の群れが啼《な》きながら、甍のうえを飛びまわっていた。

これで、すべてが終わったわけではない。

三左衛門にはもうひとつ、気に掛かることがあった。

十二

彼岸《ひがん》も中日、隅田川では木流しがはじまったと聞いた。

上野の不忍池《しのばずのいけ》では睡蓮《すいれん》が芽を伸ばし、卵を孕《はら》んだ鮒《ふな》が細流を泳ぎまわっている。小止《おや》みなく降る春雨の濡れるにまかせ、佐柄木町の裏長屋では祝宴が催されていた。

牡丹餅《ぼたもち》はもちろん、五目飯や精進揚《しょうじんあ》げなどを持ちより、隣近所でわいわいやっている。例年にくらべて、とりわけ宴が盛大な理由は、亀次郎とおえんが復縁した祝いも兼ねているからだ。

酒に酔って赤ら顔の親爺もいれば、浄瑠璃《じょうるり》を唸る老人もいる。嬶《かか》ァどもは鉄漿を剝いて喋りまくり、洟垂れどもは井戸端を駆けまわっていた。

亀次郎は酒を一滴もやらず、緊張した顔で雛壇《ひなだん》に座らせられている。おえんは一升徳利を小脇に抱え、自分の亭主を酒の肴《さかな》に騒いでいる連中に愛嬌《あいきょう》を振りまきながら、甲斐甲斐《かいがい》しく酌をしてまわった。

そうした様子を外から眺め、三左衛門とおまつは目を細めている。

おまつは右手で蛇《じゃ》の目《め》の柄を、左手で男の子の手を握っていた。

源太である。

父のいない淋しさを怺《こら》え、数日前、この裏店に引きとられてきた。

亀次郎とおえんに事情をはなしたところ、快く引きとることを了解したのだ。

できれば、自分たちの子にしたいとまで言ってくれた。

大家をはじめ隣近所には、親戚の子供を一時だけ預かると言いふくめてある。

源太は牡丹餅を美味そうに頬張っていた。「一時だけ」と教えられているので、父がいなくとも我慢できよう。遊び盛りだけに、すぐにでも友達をみつけて仲良くなり、新たな長屋暮らしにとけこんでくれることだろう。

雨は音もなく降りつづいている。

どこかしらから、尺八の音色が聞こえてきた。

「おや」

おまつは聞き耳を立てたが、おえんに呼ばれ、部屋の奥に引っこんだ。

三左衛門はひとり賑わいから逃れ、裏木戸をくぐりぬけた。

ちょうど、虚無僧の影が四つ辻を曲がったところだ。

「待て」

三左衛門は、手のなかで小銭をじゃらつかせた。

大股で近づき、差しだされた鉢に小銭を投じる。

虚無僧は、ゆっくり頭をさげた。

「実入りは少なかろうに。なにゆえ、裏店を彷徨《うろつ》くのだ」

「別段、理由などござらぬが」

「嘘を申すな。おぬし、横峰文悟であろう。鮫皮屋の命を狙っておるのか」

「なに」

虚無僧は身を固め、鉢を落とした。

と同時に、尺八に似せた仕込み刀を抜こうとする。

鉢が割れた。

「うぬっ」

虚無僧の右手首を、三左衛門の左手がつかんでいる。

「は、放せ」

閂《かんぬき》を掛けたように、ぴくりとも動かない。

しかも、三左衛門は右手を十字に交叉《こうさ》させ、小太刀の先端を深編笠から覗いた顎下にあてがっていた。

いつ抜いたともわからぬ。

早技であった。

「お、おぬし……何者だ」

「知りたいか。それなら、鍋弦横丁の辻番に聞いてみるがよい。辻番の名はたしか、五郎左というたか」

「げっ」

「合点がいったようだな。わしは居合をつかう。おぬしが樫原に狙わせた男さ」

三左衛門は嘘をついた。

「ど、どうする気だ」

「さて、どうするかな」

横峰の咽喉仏が、ごくっと上下に動く。

「ふふ、案ずるな。命は取らぬ。今からその足で江戸を出よ。さもなくば、樫原源之進の二の舞になるぞ」

「た、助けてくれるのか……ど、どうして」

「血を見るのが嫌いでな。ただし、助けるのは一度きりだぞ。二度はない」

刃をおろすと、虚無僧に化けた横峰は脱兎《だっと》のごとく逃げさった。

三左衛門は白刃を鞘に納め、くるっと踵《きびす》を返す。

毛のような雨が、頭髪と着物を濡らしていた。

寒くもなければ、鬱陶《うっとう》しくもない。

昂揚《こうよう》した心持ちで裏木戸を抜けると、おまつが蛇の目を手にして待っていた。

「おまえさん、どこへ」

「ちと厠《かわや》にな」

「ずいぶん遅いお帰りだこと」

「たまった糞をひねりだしてきたのだわ」

「どうりで、すっきりした顔をしていなさる」

おまつに蛇の目を差しかけられ、何やら嬉しくなってきた。

「おまえさん、ほら、ご覧なさいな」

長屋の宴は終わり、誰もがみな平常の暮らしに戻ってゆく。

稲荷の祠を見やれば、亀次郎とおえんが手を合わせていた。

ふたりのまんなかで、源太も神妙に拝んでいる。

「父親のことだろうね、きっと」

早く帰ってきてほしいと、祈っているにちがいない。

三人は祈りを済ませると仲良く手を繋ぎ、長屋のなかに消えていった。

「あれなら、心配はないね」

「ああ」

たいへんなのは、むしろ、父親が戻ってきたときだ。

「目に浮かぶようだよ」

亀次郎とおえんは、源太と別れねばならぬ。

「腑抜《ふぬ》けになっちまうかもしれないね」

「ま、今から心配しても詮無《せんな》いことだ」

「そうだね」

物事はなるようにしかならぬ。

亀次郎はどうか知らぬが、おえんのほうは何があっても、びくともせぬだろう。

三左衛門はおまつと相傘《あいがさ》で、裏木戸をくぐりぬけた。

そろそろ、十軒店《じっけんだな》に雛市《ひないち》が立つ。

今年はおすずに、原舟月《はらしゅうげつ》の内裏雛《だいりびな》を買《こ》うてやるつもりだ。

そのためにおまつは、稼ぎの一部をせっせと貯めていた。

「あの子、お腹を空かして待っているよ」

「そうだな」

ふたりの足取りは、自然と速まった。

仇《あ》だ桜《ざくら》

一

彼岸桜《ひがんざくら》が花弁を散らすと、いよいよ、枝垂《しだ》れや山桜が咲きはじめる。

上野《うえの》、墨堤《ぼくてい》、飛鳥山《あすかやま》、千駄木《せんだぎ》の花屋敷に玉川上水《たまがわじようすい》の小金井橋《こがねいばし》、品川《しながわ》の御殿山《ごてんやま》に八《や》つ山《やま》、桜の名所はどこもかしこも人で溢《あふ》れ、江戸じゅうが微酔《ほろよ》い気分につつまれる。

「上野のお山も墨堤もいまだ二分咲き三分咲き、飛鳥山にいたっては蕾《つぼみ》がほころぶ気配もなしとか。ところが、どうでありましょう。太田姫稲荷《おおたひめいなり》の大島《おおしま》桜は、ご覧のとおり、今が盛りと咲いてござりまする」

中間《ちゆうげん》の甚八《じんぱち》は幇間《ほうかん》よろしく口上を述べ、提灯《ちようちん》を掲げてみせる。

刃物のような月を背にして、大振りな白い花弁のかたまりが目に飛びこんできた。

「見事な夜桜よな」

奥右筆組頭《おくゆうひっくみがしら》を務める旗本、八重樫主水正《やえがしもんどのしょう》はほっと嘆息した。

ぽんと突きでた太鼓腹のせいか、五十にしては老けてみえる。

奥右筆組頭と言えば、役料《やくりょう》こそ二百俵と低いものの、布衣《ほい》着用のうえ公方様《くぼう》に御目見得《おめみえ》の許された旗本役にほかならない。重臣への口利きもできる立場のため、各藩の留守居役《るすいやく》や御用達《ごようたし》を狙う商人からの接待はひきもきらない。

今宵もとある材木商の接待で、深川の料理茶屋に招かれた。

さほど深酒をしたつもりもないのだが、気づいてみれば町木戸の閉まる刻限が迫っていた。帰路は永代寺《えいたいじ》門前から屋根舟を仕立ててもらい、大川を斜めに突っきって柳橋から神田川を遡上《そじょう》し、昌平橋《しょうへいばし》の船着場から陸《おか》にあがったのだ。

駿河台《するがだい》にこの一本ありと讃《たた》えられる「太田姫の桜」を愛《め》でたいがゆえに、昌平橋からわざわざ遠まわりをして、神田川沿いの淡路坂《あわじざか》を上ってきた。自邸は駿河台の南、神田橋御門と一ッ橋《ひとつばし》御門に挟まれた護持院ヶ原《ごじいんがはら》のそばにある。ふだんなら、昌平橋を渡って広小路を南にまっすぐすすむところだ。

ひとひらの花弁が落ち、光沢のある絹地の表面を滑った。

八重樫は眉を顰《ひそ》める。

「夜桜はひとを狂わすと聞くが、なるほど、こうして眺めておると、落ちつかぬ心持ちにさせられる」

白い花弁は闇にひそむ邪悪な気配を吸い、よりいっそう、色を消しさってゆくかに見えた。可憐にして無垢《むく》な外見を装いつつ、獲物を巧みに誘いこみ、獲物の血で花弁を真紅に染める瞬間を待ちかまえているのだ。

八重樫は闇に浮かぶ死人の顔を連想し、胸騒ぎをおぼえた。

供人に若党《わかとう》はおらず、中間の甚八のみをしたがえている。

無用心のようだが、いつものことだ。神道無念流《しんとうむねんりゅう》の免状を持ち、剣術には並々ならぬ自信がある。猿楽町の撃剣館《げきけんかん》では「逆袈裟《ぎやくけさ》の八重樫」と呼ばれ、一目置かれる存在なのだ。

ゆえに、であろう。

八重樫は夜道でも平然としていた。

甚八は白髪混じりの眉根を寄せ、ぶるっと身震いする。

「お殿さま、月のある晩に桜を愛でると、石にされてしまう。そんな言い伝えがございますそうで」

「どこに」

「護持院ヶ原にございますよ。源平の時代と申しますから、五百年余りもむかしのはなしになりましょうか、護持院ヶ原で仇敵《きゅうてき》同士が対峙《たいじ》したのでございます」

「ほう」

「双方は力量が伯仲《はくちゅう》していたため、一合《いちごう》も交えずに昼となり、気づいてみれば宵闇に満月が出ておりました」

見上げれば、夜桜が今を盛りと咲いている。ふたりは桜花に魅入《みい》られ、金縛りにあったように固まってしまった。

「そして何と、そのまま道祖神《どうそじん》と化してしまったのだそうです」

今でも護持院ヶ原には、二体の道祖神がむきあって立ち、睨《にら》みあっているのだという。

「この逸話には別の言い伝えもございましてな、とある美しい村娘が決闘を止めるべく身を犠牲にし、一本桜の枝に腰帯を引っかけて首を吊ったのだとか。いずれにしろ、争い事の虚しさを諭す教訓譚《きょうくんたん》にございましょうか」

「何やら、切ないはなしだな」

「お殿さま、そういえば、嫌なことを思い出しました。半月前、そのさきの皀莢《さいかち》坂《ざか》で辻斬りがあったのを憶えておられますか」

「忘れるはずがあるまい。斬られたのは、御作事下奉行《おさくじしたぶぎょう》の鴨志田《かもしだ》礼次郎《れいじろう》どのだ」

「斬られたこともご存じなしに川端を歩んでいたら、ご自身の首がころりと落ちたとか。これぞまさしく、鼻唄三丁《はなうたさんちょう》矢筈《やはず》斬り」

「噂とはおもしろ可笑《おか》しく語られるものじゃ。真相は異なるぞ。鴨志田どのは右手首を断たれておった」

「右手首を」

「さよう。まず籠手《こて》を断ち、二の太刀でとどめを刺す」

辻斬りは天流《てんりゅう》の籠手打ちを使う者ではないか、との噂が立っていた。

「甚八、気になるのか」

「何やら、さきほどから背筋が寒うござります」

「ぬはっ、刃をむけられても、返り討ちにしてくれるわ」

鼻息も荒く吐いたはいいが、足もとが心もとない。

「ちと酔うたらしい」

「先を急ぎましょう」

大島桜の背後には、神田川が流れている。

漆黒《しっこく》の川面に、ぽちゃりと魚が跳ねた。

ふたりは前後になり、なだらかな坂道を下りてゆく。

人通りは皆無で、武家屋敷の海鼠塀《なまこべい》が坂下までずっとつづいていた。

小袋町《こぶくろちょう》までやってきた。

右に折れれば雁木坂《がんぎざか》、まっすぐ進めば池田坂だ。

ふたりは地元の連中が「唐犬坂《からいぬざか》」と呼ぶ池田坂を下った。

「あ、お殿さま」

月を背にした人影が、ゆっくり坂道を上ってくる。

「も、もしや、あれは」

「甚八、狼狽《うろた》えるでない。あやつがそれとはかぎらぬ」

「でも」

「妙な気配があったら、提灯を翳《かざ》せ」

「は、はい」

間合いがどんどん近づき、五間ほどになったとき、相手が足を止めた。

暗すぎて面付《つらつ》きは判然としない。顴骨《かんこつ》が秀《ひい》でているのはわかる。

背が高く痩せており、衣桁《いこう》のように肩が張っていた。

くぐもった声が聞こえてきた。

「奥右筆組頭、八重樫主水正か」

「いかにもさようだが、おぬしは」

「名無しの権兵衛よ」

「なんじゃと」

「お命、貰いうける」

「なにゆえか」

「問答無用」

こちらの素姓を知っている以上、狙いがあってのことだろう。

少なくとも、辻斬りではない。

恨みか。

たしかに、他人の恨みや妬《ねた》みを買いやすい立場にはある。

八重樫は腰帯に手をやった。

「甚八、提灯を翳せい」

「へい」

男は灯を避けて袖で顔を隠し、右手で礫《つぶて》を投げた。

「うわっ」

火の粉が散り、提灯が飛ばされた。

甚八は尻を見せ、這うように逃げてゆく。

「ふぉっ」

八重樫が抜いた。

同時に、相手も抜く。

一閃、刃風が唸った。

「ぎゃっ」

籠手が落ちた。

刀を握った八重樫の右手が、爪先に当たって転がった。

「くわああ」

上体の仰《の》けぞったところへ、ぐんと白刃が伸びてくる。

哀しげに微笑《ほほえ》む男の顔が大写しになった。

「お、おまえは」

驚愕《きようがく》で顎が震える。

刹那《せつな》、首筋に冷たい風が吹きぬけた。
「ま、待て……な、なにゆえ」
皮膚がぱっくり裂け、真紅の血が噴きだした。
死神よ、寄るな。
今少しでいい、待ってくれ。
理由を、理由を聞かせてほしいのだ。
「ぐふぉっ」
八重樫は、血反吐《ちへど》を吐いた。
そのまま、大の字に倒れてゆく。
眸子《まなこ》を驚いたように瞠《みは》っていた。
見える。
赤く染まった桜花が見える。
ぷつんと意識が途切れ、闇に溶けた。

二

弥生《やよい》四日は雛納《ひなおさ》めの日、江戸は快晴となった。

三左衛門はおまつとおすずを連れ、墨堤に繰りだした。

花見にはまだ早いが、散策する者たちはけっこういる。

土手はうねうねとつづき、左手には隅田川が滔々《とうとう》と流れていた。水戸藩の広大な下屋敷を背にして三囲稲荷《みめぐりいなり》から長命寺《ちょうめいじ》、遠くは梅若《うめわか》伝説で知られる木母寺《もくぼじ》まで、あと数日もすれば長蛇の列がつづくにちがいない。隅田川には花見舟も浮かんでいる。大小の舟が川を埋めつくす日は、すぐそこまで近づいていた。

久しぶりの遊山《ゆさん》なので、おすずは楽しそうだ。

おまつは膨らんだ腹をさすり、やや反りぎみに歩んでいる。

「ほら、また蹴った」

「ほんとう、触らせて」

おすずは母の腹を撫でまわし、けらけら笑った。

「嬉しいな。このなかにわたしの弟がいるんだよ」

「ふふ、妹かもしれないよ」

「うん、そうだね」

三左衛門は寄りそう母娘に笑みをおくりつつも、さきほどから右の手首をしきりにさすっている。

おまつが心配そうに覗きこんだ。

「今年も痛むのかい」

「ああ。花見の時期になると、なぜか疼《うず》きおる」

古傷であった。

「万能膏《ばんのうこう》でも貼っておけば」

「それにはおよばぬ。だいいち、みっともない」

「やせ我慢しなさんな」

そんな会話を交わしていると、行く手に帛《きぬ》を裂くような女の悲鳴があがった。

おすずがびくんとする。

「おっかさん」

「何だろうね」

「ほら、ひとだかりができているよ」

「ほんとうだ」

おまつは野次馬根性を隠しもせず、小走りになった。

「おいおい、無理をするな」

「平気だよ。おすず、ついてきな」

「ほいきた合点承知之介」

三左衛門は詮方なく、ふたりの背につづいた。

「どうした、何があった」

「酔った浪人者が町娘を盾に取りやがった」

「何だって」

「見ず知らずの町娘らしい。可哀相に、いっしょに花見にやってきた母親は泣きじゃくっているぜ」

野次馬どもの会話を耳にしながら、人垣を搔きわけて前に出る。

なるほど、うらぶれた風体の浪人者が道端に立ち、若い娘を背後から羽交《はが》い締《じ》めにしていた。しかも、白い咽喉《のど》もとに白刃の切先をあてがっている。

「ご勘弁を、どうか、ご勘弁を」

娘の母親であろうか。老いた女が男の裾に縋《すが》りついた途端、ぽんと蹴飛ばされた。

「寄るな。娘を串刺《くしざ》しにするぞ」

「やめろ、ぼけ茄子《なす》め」

野次馬どもが口々に叫んだ。

「娘をはなしてやれ」

浪人は大勢から罵声を浴び、顔を真っ赤に染めた。

「静かにせい。誰か、蔵前《くらまえ》の伊勢屋《いせや》を呼んでこい」

「札差か」

「そうだ」

「札差の伊勢屋なら、掃いて捨てるほどあるぜ」

「森田町《もりたちよう》の伊勢屋弁蔵《べんぞう》だ。借金を棒引きにさせてこい。それができぬなら、この娘を道連れに死んでやるからな」

「言ってることが無茶苦茶だぞ」

「わしは気が短いのだ。早《はよ》う伊勢屋をつれてこい」

「きゃっ」

白刃が強く押しつけられ、娘の白い咽喉に血が滲んだ。

「やめて、やめておくれ」

母親が土下座《どげざ》をし、両手を合わせて拝みだす。

おまつが眦《まなじり》を吊りあげた。

「おまえさん、何とかしておくれ」

背中を押され、一歩踏みだす。

そのとき、誰かが礫《つぶて》を投げた。

碁石大《ごいしだい》の礫が糸を引き、浪人の眉間《みけん》に当たる。

「ぬっ」

眉間がぱっくり割れた。

「くっ……くそっ」

浪人は片膝をつき、血だらけの顔をむける。

人垣の反対側から、人影がひとつ躍りでた。

礫を投げた人物、編笠をかぶった浪人者だ。

毛臑《けずね》を剝き、低い姿勢で駆けよる。

「寄るな、寄るな」

血だらけの浪人は叫び、闇雲《やみくも》に白刃を突きだした。

編笠の男も大刀を抜く。

捷《はや》い。

閃光が奔《はし》る。

「ぬぎゃっ」

手首が落ちた。

地に落ちても、刀の柄を握っている。

「ぐひぇぇえ」

浪人は鮮血を散らしながら、土手下に転がり落ちた。

野次馬どもは目を瞠り、口をぽかんと開けている。

凄惨《せいさん》な光景を目の当たりにし、声をあげることもできないのだ。

失神する者までいる。

おまつは、おすずの両目を袖で覆っていた。

命拾いした町娘が、へなへなとくずれおちる。

老いた母親が駆けより、声をあげて泣きはじめた。

「あのぼけ茄子、まだ死んじゃいねえぞ」

「捕り方を呼べ、急げ」

野次馬どもが我に返って騒ぎだした。

編笠の浪人は人垣から離れ、黙然《もくねん》と去ってゆく。

両肩の張った後ろ姿に、三左衛門は見覚えがあった。

「弓削冬馬《ゆげとうま》か」

かつての朋輩《ほうばい》、弓削琢馬《たくま》の舎弟《しやてい》だ。七日市藩において、弓削兄弟は徴税役《ちようぜいやく》に任じられていた。領内の百姓をめぐって税を搾《しぼ》りとる、百姓に嫌われる損な役まわりだ。西上州は米作に適した土地ではない。百姓とは養蚕《ようさん》農家をさす。年貢は絹であり、税収の多寡《たか》は蚕《かいこ》が握っていた。

三左衛門は弓削兄弟と道場の同門で、同い年の琢馬とは十五年来の親しい間柄だった。

年子の弟である冬馬とも鎬《しのぎ》を削った仲だ。冬馬は口数の少ない男で、剣の実力は他を圧倒していたが、どう頑張《がんば》っても二番手にすぎぬと目されていた。城内随一の遣《つか》い手《て》との名声を得ていたのは、富田流小太刀を修めた三左衛門にほかならない。

富岡城下を潤す鏑川《かぶらがわ》に桜花の舞い散るころ、道場の一番手と二番手が板の間で申し合いをする機会を得た。

三本勝負のうち、三左衛門がまず二本を取った。今にしておもえば、二本取って驕《おご》りが生じたにちがいない。三本目の立ち合いがしら、竹刀《しない》の先端で右籠手を痛烈に打たれた。手首の骨を叩き折られたのだ。

そのときの屈辱は忘れられない。桜の季節に手首が疼きだすと、弓削冬馬との申し合いを思いだす。だが、重苦しい気分にさせられる理由は、負けたせいばかりではない。申し合いから一年余りあとに起きた由々《ゆゆ》しい出来事のせいだ。捨てると決めた故郷の景色が、時折、ふっと浮かんでくる。

鏑川の川岸から北西を仰ぐと、妙義《みょうぎ》の三峰を望むことができた。

七日市藩は吹けば飛ぶような小藩ゆえに、藩の台所はいつも火の車だった。国家老は逼迫《ひっぱく》する財政を立てなおすべく、殿様の許しを得て大掛かりな藩士の首切りを断行した。ところが、首切りの対象となった藩士数名がしめしあわせ、城下で殿様の駕籠《かご》を襲撃するという暴挙に出たのである。

その日、城下には松葉が時雨《しぐれ》と降りそそいでいた。

馬廻り役の三左衛門は奮戦し、狂犬と化した藩士たちを斬りすてた。褒賞《ほうしょう》ものはたらきをして見せたが、かえってそれが仇《あだ》になった。斬りすてた藩士のなかに、朋輩がふくまれていたのだ。弓削琢馬である。

三左衛門に非はなかったものの、朋輩を斬り、平然と藩内に留まっていられるほど図太い神経を持ちあわせていなかった。

それが出奔《しゅっぽん》し、故郷を捨てた理由だ。

右手首の疼きは、血の記憶に繋がっている。

編笠の浪人が弓削冬馬だとしても、何らおかしくはなかった。

弓削家は断絶となった。冬馬も故郷を捨て、出奔したにちがいない。

冬馬にとって、三左衛門は兄を斬った仇敵《きゅうてき》だった。

理由はどうであれ、兄の命を絶った相手なのだ。

決着をつけたいと、願うにきまっている。

三左衛門が冬馬の立場でも、そうおもう。

草の根を分けてでも居所を捜しあて、真剣勝負を挑もうとするはずだ。

そのときが来たのか。

運が良ければ、邂逅《かいこう》せずに済む。

ずっとそうおもっていた相手が、江戸にあらわれたのか。

二十歳での出仕《しゅっし》から、十六年も七日市藩の禄を食んだ。

今の三左衛門にとって、そのころの暮らしは偽りにすぎない。

すべてを捨て、二度と故郷へは帰るまいと決めた。おまつに甘えながら生きる気儘《きまま》な浪人暮らしを望み、子もできた。人間本然《ほんぜん》のいとなみ、ささやかな幸福を手に入れつつある。

そうしたおり、弓削冬馬の影が死神のように忍びよってきた。

まちがいなく、あれは冬馬であろう。

来し方のけじめをつけよと、神仏が命じているのだ。

決着をつけなければ、手首の疼きは止みそうにない。

「おまえさん、平気かい」

おまつの顔が鼻先にあった。

「もう誰もいない。さっきの浪人者も捕まったよ」

ふいに殺気を感じ、三左衛門は振りむいた。

「きゃっ」

おまつとおすずが、同時に悲鳴をあげる。

野犬が人の手首を銜《くわ》えたまま、こちらをじっと睨《ね》めつけていた。

三

またひとり、幕臣が斬られた。

「これで三人目」

ぽつりとこぼすのは八尾半四郎、南町奉行所の定町廻りだ。

三左衛門は定例の句会で、柳橋の夕月楼に招かれていた。

楼主の金兵衛は半四郎のはなしに関心をしめさず、取り箸を握り、七輪《しちりん》に載せた蛤《はまぐり》をみつめている。

半四郎は盃をかたむけた。

「殺《や》られたのは材木石奉行の大島左近《おおしまさこん》、百俵取りの軽輩だが、材木の仕入れに関しちゃ権限を持っていた」

昨夜、亥《い》ノ刻（午後十時）前後、甲賀坂《こうがざか》を上りきったところで大島は斬られた。

材木問屋「木曾屋《きそや》」の宴席に呼ばれ、番町の自邸へ戻るところだったという。

三左衛門には「三人目」の意味がわからない。

「辻斬りですよ」

と、金兵衛が応じた。

「お城勤めのお侍が、すでに、ふたりも斬られているのです。町衆に不安を与えてはならぬというお上の御配慮から、読売のネタにもできぬらしいのですがね」

「それで噂にもならぬのか。しかし、何で金兵衛が知っておるのだ」

「ま、蛇《じや》の道はへびというやつで。この金兵衛、江戸で起こったてえげえのことは存じております。たとえば、照降長屋のおまつさんのお腹が大きくなってきたとか、そのようなことも」

「おいおい、やめてくれ」

「やめてくれと言われても、からかわずにはおられません。ねえ、八尾さま」

「まったくだ。めでたい御仁はからかうにかぎる。あら不思議、種があったと嬶《かか》ァ言い」

「ほほ、おもしろい。されば、手前も。本厄《ほんやく》を過ぎて恥ずかし子ができた」

「ふたりとも、あまりにひどいではないか」

「のほほ、めでたい御仁には何を申しても聞き流していただけるもの」

たしかに、何を言われようが腹も立たない。

三左衛門は、辻斬りのはなしを蒸しかえした。

「八尾さん、三件ともおなじ者の仕業とお考えなのですか」

「不運な三人は、いずれも右手首を落とされていたのですよ」

「え」

身を乗りだす三左衛門に、半四郎が興味をもった。

「どうしました」

「い、いや、別に」

咄嗟《とっさ》に口走ると、半四郎が酒を注いでくれた。

「さ、おひとつ」

「これはどうも」

「二番目に殺られたのは八重樫主水正という奥右筆組頭でしてね、これがかなりの遣い手だった。神道無念流の道場では逆袈裟の八重樫などと呼ばれておりましてね。ところが、呆気《あっけ》なくも斬られた。下手人は尋常ならざる剣客と見るべきでしょう」

「はあ、なるほど」

「甚八という提灯持ちの中間だけが生きのびた。唯一の証人ですが、言うことがおぼつかない。わかっているのは下手人が浪人者だったこと、それから、籠手打ちを得手とするらしいこと、その二点だけです」

すかさず、金兵衛が口を挟む。

「そういえば八尾さま、一昨日、墨堤で酔った浪人者が誰かに右手首を落とされたと聞きました」

「ふむ、わしも聞いた。浪人者は縄を打たれ、怪我の治療をしてもらったらしい。命に別状はなかろうとのことだ」

「さようでしたか」

「町娘を盾に取り、札差に借りた借金を棒引きさせよと抜かしたらしい。されど、風体から推して札差が金を貸す相手ともおもえぬ。借りたこと自体、真実《まこと》かどうかも疑わしいはなしだ」

三左衛門は、ぼそっと吐いた。

「じつは、わたし、その場におりました」

「え、まことに」

「はい。おまつとおすずを連れ、遊山気分で歩んでおったら、凄惨な場面に出くわしたというわけです」

半四郎が目の色を変える。

「ならば、籠手打ちをやった者を見ましたね」

「浪人者です。編笠をかぶっておりました」

「顔まではわからぬと」

「ええ、大柄な男だったということしか」

三左衛門は、あきらかに嘘を吐《つ》いた。

弓削冬馬のことも、来し方の経緯も今は喋りたくなかった。

わずかな沈黙が流れ、金兵衛が嬉しそうな声をあげた。

「お、ほほ、できたできた」

七輪に載せた蛤が、つぎつぎに殻《から》の蓋《ふた》を開けた。

これにじゅっと醬油《しょうゆ》を垂らし、火傷《やけど》しそうなところを食う。

「これがたまらん」

白い湯気とともに、香ばしい匂いが漂ってくる。

「どれどれ」

半四郎は殻を箸で器用に摘み、汁を啜《すす》った。

「ふはっ、美味《うめ》え。金兵衛、酒を注げ」

「はいはい、ただいま」

三左衛門もひとつ摘み、じゅっと醬油を垂らして汁を啜る。

磯の香りが、口いっぱいにひろがった。

すかさず、金兵衛が酌をする。

「女房が深川の洲崎《すさき》で潮干狩りを。只でこれだけの贅沢《ぜいたく》が味わえるというわけです」

「なるほど」

「旬《しゅん》の食い物に舌鼓《したつづみ》を打つ。天の美禄《びろく》を頂戴しながら、気のおけない仲間とへぼ句を捻る。生きていてつくづく良かったとおもう瞬間ですな。おや、一句浮かびましたぞ」

「聞こう」

半四郎と三左衛門が襟を正す。

金兵衛は息を吸いこみ、重々しく捻りだした。

「辻斬りの心を知るは桜かな」

「なんだ、またそっちのはなしか」

「どうにも、頭からはなれませぬ。偶然にも、辻斬りの出没するところには早咲きの桜が咲いておったとか。されば、下手人の顔を知るのは桜のみということになりましょう」

「句の善し悪しは別にして、辻斬りと断じきるのはちと早計すぎるぞ」

「おや、八尾さま、それはまたどうして」

「斬られた三人には、繋がりがあってな」

「ほう」

過日、江戸城大奥《おおおく》春日殿の改修普請にともない、元請けとなる材木問屋による入札がおこなわれた。大店《おおだな》の「木曾屋」と「熊野屋《くまのや》」による一騎打ちとなり、最後は「木曾屋」が元請けの権利を得た。

殺された三人は入札に深く関わっていたと、半四郎は指摘する。

「よくお調べになられましたな」

「幕臣殺しは目付の管轄だが、こっちにも加勢してほしいと泣きがはいってな」

「それで、八尾さまも動かれておられる」

「ま、そういうわけだ」

「三人が入札に絡んで殺《あや》められたとすれば、怪しいのは誰でしょうな」

「筆頭に浮かぶのは、儲けそこなった熊野屋だろう」

「入札に落とされた恨みですか」

「ふむ、八重樫以下の三人は木曾屋のみならず、熊野屋からも再三にわたって甘い汁を吸わされておった」

「にもかかわらず、普請の元請けは木曾屋になった。それが許せぬ熊野屋は刺客を雇い、辻斬りに見せかけて恨みを晴らそうとした。そういうわけですか」

「まあな」

「八尾さまのことだ。もう、お調べになられたのでしょう」

「ざっくりとはな」

「怪しい人物はおりましたか」

「熊野屋が用心棒を一匹飼っておった」

「ほほう。その者の名は」

「弓削冬馬」

その名が半四郎の口から漏れたとき、三左衛門は心ノ臓を鷲摑《わしづか》みにされたような衝撃を受けた。

四

落ちつかない心持ちのまま、四日が過ぎた。

半四郎がどの程度まで探っているのか気になったが、下手に勘ぐられたくないので聞かずにおいた。

上野山も墨堤も一重の桜が一斉に咲きほころび、行楽地は見物客で溢れている。明日には長屋あげての花見会も予定されており、おまつは仕度に余念がない。

野面《のづら》に春霞《はるがすみ》のたなびくなか、三左衛門は深川の木場《きば》に足をむけた。

洲崎を挟んで江戸湾をのぞむ堀川沿いに、材木問屋の熊野屋があると聞いたからだ。

弓削冬馬が人斬りかどうかは、判然としない。

そうでないことを望んでいたし、以前の冬馬からすれば人違いであろうとの確信はあった。

節をまげてまで生きることを潔《いさぎよ》しとしない。

弓削冬馬とは、そういう男だ。が、謀反人《むほんにん》の弟という汚名を着せられて藩を逐《お》われ、故郷を捨てざるを得ず、江戸で荒《すさ》んだ暮らしを送るうちに、人が変わってしまうこともあろう。

そのあたりを、三左衛門は自身の目で確かめたいとおもった。

訪ねてゆけば、いずれ本人と対峙することにもなろう。

覚悟はできている。

どのような顚末《てんまつ》になろうとも、後悔はしない。

たとい、当面は邂逅せずに済んだとしても、弓削冬馬という来し方の亡霊からは逃れられないのだ。

一刻も早く、胸のつかえを除きたい。

その一念で、三左衛門は熊野屋の敷居をまたいだ。

「ごめん、主人はおられようか」

手代に取りついでもらうと、運良く主人の善七《ぜんしち》は店にいた。

見たところは小太りの好々爺《こうこうや》で、恨みから他人を殺めようとする人物とはおもえない。

もし、半四郎が訪ねてきたとすれば、同様に感じたことだろう。

「手前が熊野屋善七でござりますが、何か」

穏やかな口調で問われ、三左衛門は唇《くち》もとを舐めた。

「ゆえあって姓名は名乗れぬ。こちらで弓削冬馬どのがお世話になっておると聞いた」

「弓削さまに何か」

熊野屋は途端に眉を顰める。

「同郷の知りあいでな、ちと逢いたくなって参ったのだ」

「さようですか、手前はまた別の件かとおもいました」

「別の件というと」

「三日前になりますか、八尾さまと仰る南町奉行所のご同心が見えられ、やはり、弓削さまのことを根掘り葉掘り」

「ふうん、それはまたどうして」

「理由はしかと仰りませんでしたが、何やら深刻なご様子でしたよ。お武家さまはご存じではありませぬか」

「知らぬなあ。偶《たま》さか立ちよってみたにすぎぬ」

「さようですか。ま、いずれにしろ、弓削さまはここにはおられませぬよ」

「と、申されると」

「昨今は何かと物騒ゆえ、用心棒まがいのお役目をお願いしておりましたところ、弓削さまのほうで何か事情がおありとかで」

「やめたのか」

「ほんの五日ほどまえに」

となれば、三人目の殺しがあった日の前後ということになる。

繋がりが露顕《ろけん》するのを恐れ、熊野屋にやめさせられたのかもしれぬが、善七の態度を見るかぎり、それは考えすぎだろう。

「弓削さまは律義なお方で、お言伝《ことづて》を残しておいでになられましたよ」

「まことか」

三左衛門は食いついた。

「仙台堀《せんだいぼり》の蛤町《はまぐりちょう》に三味線《しゃみせん》長屋という九尺店《くしゃくだな》がございます。そこに、おしんという薹《とう》の立った芸者が住んでおるそうで。まんがいち用件のあるときは、おしんを訪ねてほしいとのことでした。もし、お訪ねになられるようならば、お言伝をひとつお願いしてもよろしいでしょうか」

「かまわぬが」

「では。できればまた、熊野屋にお戻り願いたい。江戸の夜道は物騒ゆえと、さようにお伝えくだされ」

「あいわかった」

三左衛門は、晴れやかな気分で店をあとにした。

熊野屋は冬馬を信頼している。なぜか知らぬが、そのことが誇らしかった。申し合いで右手首を折られた相手にたいし、憎しみや恨みではなく、敬意を抱いているのだ。それは、剣を極めた朋輩に払うべき敬意であった。

「三味線長屋か」

木橋を渡り、三十三間堂《さんじゅうさんげんどう》の脇を通って堀端をすすむ。

ほどもなく仙台堀に行きつき、三左衛門は左手に折れた。

大和町、亀久町《かめひさちょう》、冬木町《ふゆきちょう》と通りすぎれば、蛤町である。

狭い堀川を挟んだむこうは寺社地で、杉林の狭間《はざま》に桜がちらほら咲いていた。

冬馬に家族はあるのだろうか。

おしんという芸者に食わせてもらっているのか。

想像をめぐらせながら長屋を訪ねてみたが、おしんは留守だった。

冬馬の影もない。

長屋の住人に聞くと、一色町《いっしきちょう》の「鶴千《つるせん》」という置屋《おきや》の名を教えられた。

一色町は安女郎の巣窟《そうくつ》、木橋をふたつほど渡ったところにある。

こうして深川を歩んでみると、あらためて水運の町だと感じた。

堀川が縦横に錯綜《さくそう》し、商売人たちは舟で行き来するのを習慣にしている。

おもしろいのは一荷四文の水売りを頻繁《ひんぱん》に見掛けることだ。深川では井戸水が呑めないので、水売りたちはお城のそばの道三堀《どうさんぼり》にある銭瓶橋《ぜにかめばし》のたもとから滝となって注ぐ水を汲み、舟に水樽を載せて運んでくる。

鶴千なる縁起の良さそうな名の置屋を訪ねてみると、はたして、おしんはそこにいた。

妓《おんな》たちから胡乱《うろん》な目で見られても、ここは引いてはならぬと、三左衛門はみずからに言いきかせる。

真剣な様子が相手に通じたのか、おしんは下駄を履いて三和土《たたき》に下りてきた。

「勝手口におまわりくださいましな」

そんなふうに囁かれ、三左衛門は言うとおりにした。

おしんはいちど奥に引っこみ、しばらく経ってから勝手口にあらわれた。

年は三十のなかほど、目は切れ長で鼻は小さく、受け気味のぽってりした唇もとがやけに赤い。からだつきは小柄で肉付きが良く、肌理《きめ》の細かそうな肌をしている。

三左衛門は、どことなく懐かしい匂いを嗅いでいた。

ひょっとすると、上州生まれなのかもしれない。

おしんは戸口に佇《たたず》み、顔色も変えずに言う。

「ご用事って、弓削さまのことですね」

「そうだが、なぜわかる」

「八尾さまっていう定町廻りの旦那にも訊かれましたから」

「何と応じたのだ」

「応じるも何も、あのひと、いなくなっちまったんですよ」

三日前、三味線長屋からぷっつりすがたを消したという。

「妙だな。用があったら三味線長屋のおしんを訪ねればよいと、弓削は熊野屋に言いのこしていったのだぞ」

「熊野屋さんに」

「そうだ。わしはてっきり、おぬしが女房かとおもった」

「あら、いやだ」

おしんはぽっと顔を赤らめ、すぐに溜息を吐いた。

それだけで、ふたりの間柄はわかったような気もする。

「なれそめを、聞いてもよいかな」

「わたしの一目惚れですよ。あのひと、亀戸の羅漢《らかん》さんのそばにある青龍館《せいりゅうかん》という道場で剣術のご師範をなすっていたんです。道場のご門弟にたいそう羽振りのよろしいお方がいらっしゃいましてね、そのお方に連れられて、あのひと、生まれてはじめてお座敷にあがったんですよ。ふふ、馴れていないもんだから固くなっちまって、黙ってお酒ばかり吞んでおられました。何だか男臭くて、それで惚れちまったのかもしれません」

おしんは数日経っても忘れられず、冬馬のもとに文遣《ふみづか》いを送ったのだという。

　返事は三日後にあった。

「真っ昼間に本人が置屋を訪れてきましてね、いっしょに住む場所を借りたからって言うんです。わたし、いっぺんで参っちゃって」

「なるほど」

「おなじ屋根の下で暮らしはじめ、もう四年になりますよ」

「ならば、夫婦も同然ではないか」

「こっちが望んでも、あのひとは首を縦に振らないんです。何でも、命懸けでやらねばならぬことがあるんだとか」

「ほう」

「仇討《あだう》ちか何かですかって聞いたら、あのひと、嘘の吐けないひとだから、黙りこんじまって。ともかく、そっちの決着がつくまではいっしょになれないって言うんですよ。わたし、何度も別れようとおもったけど、どうしてもできなかった。惚れちまったんです、心底から」

　恥ずかしげもなく発せられたことばが、新鮮な響きをもって胸に沁みこんできた。

「おぬし、生まれは上州か」

「ええ、甘楽ですよ。旦那もお近くなんでしょう」

「富岡だ」

「そうだとおもった。ご同郷のお方だって察したから、喋る気になったんですよ」

「甘楽生まれのおぬしが、よくぞ辰巳《たつみ》芸者になれたものだな」

「そりゃ苦労しましたよ。三味線が弾けたのと、のどが良かったもんだから、運良くご贔屓《ひいき》がつきましてね」

「身寄りは」

「そんなものはいませんよ。なにせ、米櫃《こめびつ》の足しにするために売られた身ですから」

おしんは貧農の家に生まれ、十四で女衒《ぜげん》に売られた。富岡城下の花街《かがい》で五年、馬車馬のように働かされたが、年季が明けるまえに逃げだし、旅芸人の一座に拾われて全国津々浦々《つつうらうら》を放浪してまわった。そのときに三味線を会得《えとく》したのだという。そして、紆余曲折《うよきょくせつ》のすえ、深川に流れつき、三味線と唄で何とか食えるまでになった。

「十年掛かりましたよ、ここまでになるにはね。男なんて見むきもしなかったけど、ようやっと、これというお方にめぐり逢えたんです」

「弓削冬馬か」

「はい」

貧しくとも凜《りん》として生きる暮らしぶりが、容易に想像できた。

が、冬馬の精神を支えているのは、仇討ちへの執念なのだ。

「やつは事情があって熊野屋の用心棒をやめたと聞いたが、おもいあたる節はないか」

「ございませんねえ」

「帰ってくるかな」

「おっつけ、帰ってくるでしょう。今までも何度かありましたから。あのひと、黙ってふらっといなくなっちまうんです。そのたびに不安で不安で、わたし、あのひとに捨てられるのが恐いんですよ」

「帰ってきたら伝えてほしい。楠木が逢いたがっていると」

「お武家さま、楠木さまと仰るの」

「そうだ」

三左衛門は本名を告げ、照降長屋の居所を詳しく教えてやった。

そして、おしんに深々と頭を垂れ、踵《きびす》を返した。

「あの、ちょっとお待ちを」

「ん、どうした」

「もしや、あのひとが捜しているお方では」

「わしが仇《かたき》にみえるか」

「いいえ、でも、楠木さまが仇なら、お言伝はなしですよ」

「なぜ」

「あのひとが誰かに斬られるのも、誰かを斬るのも見たくないんです」

おしんは、仕舞いには涙声になった。

「案ずるな、わしは仇ではない。おなじ道場で汗を流した仲間だ」

「お仲間なら、あのひとの仇を存じておられるのでは」

「知らぬ。弓削もわしも故郷を捨てて久しい。何年も逢っておらぬからな、そのあいだの事情はわからぬ」

「かしこまりました、お伝えしときますよ」

「頼んだぞ」

三左衛門は、おしんにも嘘を吐いた。

動けば動くほど、深みにはまってゆくのを感じた。

五

さらに、四日経った。

外は明けきっていない。

「浅間さま、浅間さま」

腰高障子を敲《たた》く者がある。

「誰だ」

「仙三でござります」

「おう、どうした」

三左衛門は褥《しとね》から半身を起こし、褞袍《どてら》を羽織った。

おまつとおすずは、褥のなかにじっと蹲《うずくま》っている。

心張棒《しんばりぼう》をはずし、戸を開けた。

仙三は駆けてきたらしく、肩で息をしている。

「水でも呑むか」

「いえ、けっこうです。四人目が出やした」

「死人か」

「はい。八尾の旦那がお連れしろと」

「わしをか」

なぜであろう。

「ほとけはまだ、莚《むしろ》に寝かされておりやす」

「わかった」

三左衛門は素早く着替え、大小をつかんだ。

「おまえさん」

おまつは綿入れを羽織り、心配そうにつぶやく。

おすずは褥のなかで、眠い眸子をこすっていた。

「場所は護持院ヶ原でやす」

と、仙三は言った。

遠くもなければ、近くもない。

日本橋の大路を突っきり、鎌倉河岸《かまくらがし》を越えてゆく。

「殺られた者の素姓は」

「なんでも、吉野作兵衛《よしのさくべえ》と仰る御畳奉行《おたたみぶぎょう》だとか」

「旗本か」

畳奉行は江戸城内の畳替えを統轄する。奉行と名はついているものの、百俵取りの閑職にすぎない。

「例によって、右手首を落とされておりやした」

半四郎はそれを確かめるや、三左衛門を「呼んでこい」と命じたらしい。

「恐え顔《こえ》でやしたよ」

冬馬の行方を追った行動がばれたのだろう。

こうなれば、包み隠さず喋るしかあるまい。

三左衛門は、ぎゅっと口を結んだ。

護持院ヶ原は、濠《ほり》に面している。

水を満々と湛《たた》える濠のむこうには、御三卿《ごさんきょう》一橋家の上屋敷が威風堂々と聳《そび》えていた。

東の空に陽が昇り、大屋根の甍《いらか》が赤銅色《しゃくどういろ》に煌《きら》めきだす。

三左衛門は眩《まぶ》しげに眸子を細め、青々とした野面《のづら》に歩をすすめた。

「おうい、こっちこっち」

遠くで半四郎が手を振っている。

小者たち数人が控えているだけで、野次馬はいない。

手首の無い死体は、桜の根元に寝かされていた。

今が満開の桜花が、凄惨さを際立たせている。

「来てくれましたね、浅間さん。お呼びした理由はおわかりでしょう」

「だいたいは」

「弓削冬馬をご存じだったんですね」

「ええ」

「水臭えなあ、何か理由がおありなんでしょう。そいつを聞かせちゃもらえませんか」

詮方ない。

三左衛門は、弓削兄弟と同門であったこと、無二の親友だった兄の琢馬を斬って出奔したこと、弟の冬馬には仇として狙われているであろうことなど、主立《おもだ》った経緯を正直にはなした。

半四郎はほとけを調べながら、黙って耳をかたむけた。

「なるほど、そういう事情があったとはね」

「八尾さんは、弓削冬馬を下手人とお考えなのでしょう」

「ええ。人相書でもつくって、ばらまきたいところですよ。でも、浅間さんに事情を聞いてからにしようとおもいましてね」

「それはどうも」

「でも、四人目のほとけが出ちまった以上、うかうかしてもいられねえ」

「八尾さん、もう少し、お待ちいただけませんか」

「どうするつもりです」

「三味線長屋のおしんに言伝を残しておきました。弓削冬馬はきっと、わたしのまえにあらわれる。本人にどうしても、真相を聞いてみたいのです」

「参ったな」

　ふうっと、半四郎は溜息を吐く。

「仕方ねえ、ほかならぬ浅間さんの願いだ」

「お聞きとどけいただけると」

「ええ」

「ありがたい」

「そのかわり、待てるのは五日が限度です」

「五日ですか」

「十五夜の月が出るめえまでにあらわれなきゃ、人相書をまわすしかありません」

「わかりました」

三左衛門は、莚のうえに目を落とした。

ほとけは何も語らず、じっと目を閉じている。

そういえば、落とされた手首が見当たらない。

山狗《やまいぬ》が銜え、ねぐらに運んでいったのだろう。

「ちっ、どうも、わからねえ」

半四郎は首をひねる。

「まえにも申しあげましたが、これまでに殺められた三人は材木問屋の入札に関わっていた。ところが、畳奉行だけは別なんです。入札にはいっさい関わりない。そのあたりは入念に調べましたからね、材木問屋と懇意にしている役人のなかに、吉野作兵衛の名はなかった」

「殺された連中の繋がりが消えてしまったわけですか」

「まあね」

半四郎は鬢《びん》を掻き、殺められた者たちの名を呪文《じゅもん》のように反芻《はんすう》しはじめた。

「鴨志田礼次郎、八重樫主水正、大島左近、吉野作兵衛……」

三左衛門は漫然と聞きながしつつも、何か引っかかりを感じている。

「……鴨志田礼次郎、八重樫、大島、吉野……ふと、気づいたんだが……いや、やめておこう」

「何です、八尾さん」

「下らなすぎて笑われそうだな」

「笑いませんよ、教えてください」

「名前です」

「え」

「反芻してみてください。八重樫、大島、吉野、ほら、いずれも桜の名がはいっている」

「ほんとだ、鴨志田は」

「鴨志田礼次郎の鴨と次郎を除けば、志田礼《しだれい》でしょ。枝垂れと、読めませんか」

「なるほど、四人とも桜に関わりありか」

「偶然でしょうかね」

半四郎に水を向けられ、三左衛門は首をかしげた。

「ふうむ、どうでしょう。もし、そうだとしたら、下手人は何のつもりで」

「ただ単に、人が斬りたかったのかも。桜のつく名を選んだのは、一種のことば遊びですよ」

「そんな」

「以前にも、妙な殺しがありましてね。下手人を捕まえてみたら、腹を空かせた浪人でした。いかにも気弱そうで、人を斬るような人物には見えなかった。でも、あきらかに下手人だった。何人もの通行人が見ていましたからね。耳もとで誰かに、人を斬れと囁かれたのだそうです」

浪人は四つ辻の物陰に潜み、獲物を待った。いちばん最初に目にした月代侍《さかやきざむらい》を獲物にするときめていたのだという。

「妙なはなしでしょう。やっぱし、桜の咲く時季の出来事だったんですよ」

「桜が狂気を呼びこんだのかな」

「そうかもしれませんね」

半四郎はにゅっと歯を剝き、凄味のある顔で笑った。

背にした桜が朝陽を浴び、燃えているように見えた。

六

二日過ぎた。

弓削冬馬はすがたを見せない。

「あと三日」

焦りが募るだけで、捜すあてもない。

「待てよ」

三左衛門は、ひょいと腰をあげた。

——青龍館。

という道場の名を思いだしたのだ。

迂闊《うかつ》だった。

冬馬とおしんのなれそめに気をとられ、冬馬がかつて教えていた道場のことを忘れていた。

はたして、今も残っているのかどうか。

無駄足になってもかまわないと覚悟をきめ、鎧《よろい》の渡しから猪牙《ちょき》に乗った。

亀戸の羅漢寺は、亀戸天神と並ぶ行楽地である。

三左衛門も、江戸に来てから二度ばかり足をむけたことがあった。

寺院内には等身大の五百羅漢が整然と鎮座している。境内には三匝堂《さんそうどう》と称する螺旋《らせん》の楼閣《ろうかく》が聳え、三階の頂上まで登ると、富士山や筑波連峰《つくばれんぽう》がくっきりと見えた。

猪牙は大川を斜めに横切り、万年橋《まんねんばし》の手前から小名木川《おなぎがわ》に漕《こ》ぎすすんだ。川岸には桜が点々と植わっている。墨堤ほどではないが、曇天に映える桜はなかなかに見応えがあった。

途中、何艘もの行徳舟《ぎょうとくぶね》とすれちがう。

横川との合流口を過ぎ、十間川《じっけんがわ》との合流口で左に折れた。わずかに北上すると船着場があり、陸にあがれば羅漢寺の山門に通じる道がつづいていた。

おしんによれば、青龍館は羅漢寺のそばにあるという。

寺の周囲は田畑なので、さほど苦もなく探せるだろう。

験《ため》しに野良着姿の男をつかまえ、糺《ただ》してみた。

すると、羅漢寺の裏手にあると教えてくれた。

境内を突っきって行けるというので、逸《はや》る気持ちを抑えかね、股立《ももだ》ちを取って小走りになった。

霞がかった三匝堂の脇を通り、鬱蒼《うっそう》とした杉林を抜けてゆく。

寺領の裏手を探すと、なるほど、朽ちた冠木門《かぶきもん》がみえてきた。

表の看板に「青龍館」とある。達筆だが、墨は消えかかっていた。

小さな道場だ。八つ刻（午後二時）というのに竹刀を打ちあう音も聞こえず、門人たちが汗を散らす気配もない。ひっそり閑《かん》とした門の内に踏みこむと、手入れのされていない庭木が淋しそうに出迎えた。

「たのもう、たのもう」

声を大にして叫んでも、家人の出てくる様子はない。

あきらめて踵を返しかけたところに、嗄《しわが》れた声が掛かった。

「何用じゃ」

振りむくと、いつの間にか、杖をついた白髪の老人が佇んでいる。

三左衛門は呆気にとられながら、老人の白い口髭が動くのを見た。

「ふん、少しはおぼえがあると見える」

「わかりますか」

「わかるさ」

老人は滑るように近づき、危うい間合いを一足飛びに飛び越えてきた。

「ふぉっ」

やにわに、杖の先端を振りまわす。

三左衛門は、咄嗟に飛んだ。

両膝を曲げ、躱《かわ》したとおもった瞬間、左脛《ひだりすね》を強烈に打たれた。

「痛っ」

達磨《だるま》落《お》としの要領で地に落ちる。

したたかに腰を打ち、息が詰まった。

「ぬほほ、修行を怠《おこた》っておるようじゃの」

三左衛門は何とか起きあがり、腫れあがった脛をさすった。

「柳剛流《りゅうごうりゅう》の脛斬りじゃ、これを躱すことのできた者はひとりしかおらぬ」

「もしや、弓削冬馬ではござりませぬか」

「さよう。上州からふらりと流れてきおってな、天流の籠手打ちを披露したのじゃ。かように小さな道場の噂を誰に聞いたのか、板の間での申し合いを是非にと請われ、本来なら断るべきところであったが、熱意にほだされて受けたのじゃ。この伊東一碧《いとういっぺき》、老いたりといえども剣士の端くれ、剣に生き、剣に死する覚悟でおる。さればよ、受けた以上は勝たねばならぬ。柳剛流の脛斬りか、天流の籠手打ちか。門人どもは固唾《かたず》を呑んで勝負の行方を見守った」

一碧老人は立て板に水のごとく喋り、ふっと口を噤《つぐ》んだ。

三左衛門は前のめりになり、急《せ》きこむようにさきを促す。

「ふふ、知りたいか。勝負は引きわけじゃ。一合交えて躱しあい、半刻《はんとき》余り睨みあったものの、双方とも打ちこむ機をとらえあぐねた。わしが竹刀をおさめると、弓削は顔から板間に落ちていきよってな。そりゃおったまげたさ。あやつは空腹だったのよ。三日も水だけでしのいでおった。腹ができておれば、わしが負けておったやもしれん。その晩、腹一杯飯を食わしてやった。何やら、幼い時分に死んだ息子が還ってきたようでなあ。道場にとどまってくれぬかと頼んだら、頷いてくれたのじゃ」

弓削は免状を得て師範となり、後進の指導にあたった。

脛斬りに籠手打ち、特異な技に興味をしめす連中が噂を聞きつけ、一時、道場は門人たちの熱気で溢れんばかりだったという。

「それも二年で終わった。弓削は理由も告げず、ふらりと出ていきおった。四年前のはなしじゃ。爾来《じらい》、櫛《くし》の歯が抜けるように門人はやめてゆき、今はこのざまよ」

「おひとりで看板を守っておられるのか」

「それも面倒になった。看板を薪《たきぎ》にでもしようと思っておったところへ、弓削が
ひょっこり訪ねてきた」

「え、それはいつです」

「十日ほどまえになろうかの」

熊野屋をやめ、三味線長屋からすがたを消したころだ。

三左衛門は身を寄せ、胸倉をつかむほどの勢いで迫った。

「やつは、やつはなぜ、戻ってきたのですか」

「おいおい、唾を飛ばすな」

「は、これはどうも」

一歩退がると、一碧老人は咳払いをした。

「教えてやろう。じゃがそのまえに、おぬしの素姓を聞いておかねばなるまい」

「失礼いたしました。わたしは浅間三左衛門と申すしがない浪人者です。孕んだ
妻と十になった娘がおり、日本橋照降町の裏長屋にて家族三人、つつがなく暮ら
しております」

「そんなことは聞いておらぬ。聞きたいのは弓削との関わりじゃ」

「かつての同門です。ともに、七日市藩の禄を食んでおりました」

「富岡の七日市藩か」

「はい」

弓削はどうやら、一碧老人にそれすらも告げなかったらしい。

「なるほど、吹けば飛ぶような小藩じゃな。されど、あすこには化政の眠り猫と申す小太刀の達人がおると聞いた」

「おりましたな」

「おぬしではないのか」

「滅相もない」

「ちがうのか」

「ちがいますよ。いかがでしょう。弓削が訪ねてきた理由をお聞かせ願えませぬか」

「待て、今少し聞きたい。おぬしはなぜ、弓削を捜しておる」

久しぶりに逢いたい、などという嘘は通用すまい。

答えあぐねていると、一碧老人が薄く笑った。

「切羽詰《せつぱつ》まった様子じゃの。まるで、仇を捜しておる者のようじゃぞ」

どきりとした。

仇と狙われているのは、自分のほうだ。

「まあよい、教えてやろう。あやつは、とある門人の所在を聞きにきた。わしの脛斬りと弓削の籠手打ちを修め、唯一、双方の免状を取った男での」

年齢は二十四、五。旗本の三男坊で、弓削が道場を去ってからのち、居候《いそうろう》する実家が二度ほど所在を変えていた。

三左衛門は、咽喉の渇きをおぼえた。

「弓削は門人を捜す理由について喋りましたか」

「いいや。じゃが、聞く必要もなかった」

「と、申されると」

「かつての弟子が報せてくれてのう、わしは鴨志田礼次郎なる幕臣が斬られた一件を知っておった。無論、右手首を落とされたこともな。妙な胸騒ぎをおぼえておったところへ、弓削があらわれたというわけさ。やってきた理由は、おのずとわかろうが」

「門人のねぐらを、お教えなさったのですね」

「ふむ」

「門人の姓名は何と」

「知りたいか」

「焦《じ》らさないでください」

「ならば言おう。八重樫弥三郎《やさぶろう》じゃ」

「げっ、八重樫と申されたか」

「さよう。二番目に斬られた八重樫主水正の三男坊じゃ。父を恨み、世間を恨み、三男坊ゆえに浮かばれぬ自分の出自《しゅつじ》をも恨んでおった。わしは、あのような性根の腐った者に技を教えたのじゃ。今さら悔やんでも遅い。わしは責めを負わねばならぬ。ちっぽけな欲を掻いた。束脩《そくしゅう》（入門料）欲しさに教えたのよ。弥三郎の胸底にどす黒い群雲が渦巻いておるのを知りつつもなあ。弓削は、わしの代わりに行きよった。決着をつけるつもりじゃろう」

「よくぞそこまで、おはなしくだされましたな」

「喋る気になったのはなぜか、教えてつかわす」

「は」

「おぬしの大刀、竹光であろう」

「え」

「図星のようじゃな、腰つきでわかるわ。されど、脇差は本物じゃ。抜けば、さぞや切れ味の鋭い本身が飛びだすのであろうな。わしに嘘は通用せぬ。おぬしは化政の眠り猫じゃ。それと見破ったからこそ、弓削のことを喋ったのじゃ。もし、あやつが敗れたら、骨を拾ってやってはもらえぬか」

三左衛門は黙りこんだ。

「わしゃ老体じゃ。七十を超えてからは、年を数えるのも忘れてしもうた。わずかばかり動いただけでも息が切れる。とても弥三郎には敵《かな》うまい。ゆえに、頼んでおる。のう、聞いてもらえようか」

「かしこまりました」

三左衛門は深々とお辞儀をし、青龍館をあとにした。

干涸《ひから》びた空咳が、正門のむこうから聞こえてくる。

冬馬がすがたを消した理由は、これではっきりした。

かつての門弟を討つべく、江戸の闇に潜行したのだ。

「冬馬よ」

是が非でも、おぬしを捜しださねばなるまい。

三左衛門は、曇天に聳える羅漢寺の楼閣を睨みつけた。

七

一碧老人のはなしは、信じるに足る内容だった。

ただ、八重樫弥三郎が殺ったという証拠はどこにもない。

だいいち、なぜ斬ったのかも判然としないのだ。

なぜ、という問いかけはしかし、無意味なことのようにおもわれた。

人斬りになぜ人を斬るのかと問うのは、山狗になぜ吼《ほ》えるのかと問うようなものだ。

常軌を逸しているとしか言いようがなかろう。

旗本の子息が夜な夜な江戸市中をうろつき、凶刃を振るっている。しかも、みずからの父を手にかける大罪まで犯したとなれば、お上としては威信失墜《しっつい》にも繋がりかねない一大事である。

確乎《かっこ》たる証拠がなければ、弥三郎に縄を打つことはできまい。

八重樫家は大黒柱の父親を失ったが、嗣子《しし》が家を継いでいる。

三男の罪状があきらかになれば、八重樫家は取り潰しになる。

捕り方としては、どうしても慎重にならざるを得ない。千石以上の直参旗本に引導を渡すには、それなりの覚悟がいるのだ。

半四郎に相談するか否か、三左衛門は迷った。

相談すれば、かえって迷惑を掛けることになるかもしれぬ。

迷いながら家路をたどっていると、担ぎ蕎麦屋の風鈴《ふうりん》が聞こえてきた。

「ちりん、ちりん」

陽も疾《と》うに落ち、気づいてみれば、薄暗い新材木町《しんざいもくちょう》辺りを徘徊《はいかい》している。

小腹が空いてきた。

「食うて帰るか」

鈴音に誘われ、踵を返す。

このあたりには、下っ端役人や芝居者の住む貧乏長屋が多い。

鈴音は長屋へ通じる横丁ではなく、正面にある杉の森稲荷《すぎのもりいなり》のほうから聞こえてきた。

杉の森稲荷は信心深いひとびとの拠《よ》り所《どころ》だが、貧乏人たちが夢を託す富場《とみば》でもある。

富籤《とみくじ》興行の催されていないときは、閑寂《かんじゃく》としたところだ。

鳥居をくぐり、さほど広くもない境内に踏みこむ。

桜花はみえず、参詣人はほとんどいない。

杉の森というだけあって、社殿や参道に杉の巨木が枝蔭を投げかけていた。

「ちりん」

怪しげな鈴音は、杉林の奥から聞こえてくる。

もはや、担ぎ蕎麦屋などではあり得ない。

誰かが誘っているのだ。

「乗ってやるか」

小太刀の柄を握りしめた。

暗澹《あんたん》とした闇にむかい、すっと足を踏みだす。

間近に蹲る気配が伸びあがり、突如、白刃が閃いた。

「むっ」

咄嗟に、右手を引っこめる。

刃風が唸り、袂を断たれた。

三左衛門は反転し、越前康継を抜きはなつ。

「しぇ……っ」

斜《はす》に薙《な》ぎあげると、中空に火花が散った。

一瞬、火花に映った男の顔は、怖気《おぞけ》だつような鬼の顔だ。

鬼は受け太刀から反撃に転じず、ふたたび、闇に蹲った。

「冬馬か」

腰溜めに構え、三左衛門は問いかける。

「なかなかやりよる。小太刀を使うとはな。大刀はただの飾り、ひょっとして竹光か。ふふ、図星のようだな」

闇の底から聞こえる声は、狂気を孕んでいる。

冬馬ではない。

背中に悪寒が走った。

「おぬしは、もしや」

「ほほう、おれを知っておるのか。言うてみろ」

「八重樫、弥三郎」

冷たい沈黙が流れ、含み笑いが聞こえてきた。

「くく、青龍館の老耄《おいぼれ》に聞いたのか。ふん、あの老耄め、早々に始末しておけばよかった」

「わしに何の用だ」

「弓削冬馬の居場所を教えよ」

「それはこっちが聞きたい」

「知らぬのか。けっ、あの女、嘘を吐きやがった」

「女とは、おしんのことか」

「そうよ。あんたに聞けばわかるとほざいた」

「おぬし、おしんをどうした」

「ちと痛めつけてやったが、殺めてはおらぬ」

「何だと」

「先手を打ったのよ。女を餌《えさ》にすれば、弓削は釣れる。ところが、あやつ、なかなかすがたを見せぬ。業《ごう》を煮やしてな、穴蔵から這いでてきたというわけだ」

弥三郎は冬馬を恐れているのだ。

「他人は容易に殺めることができても、自分の命だけは惜しいと見える」

「ほざけ」

闇が殺気を帯びた。

三左衛門は白刃を構え、爪先を躙《にじ》りよせる。

「四人の幕臣殺し。みな、おぬしの仕業だな」

「ふん、同心気取りか」

「父親まで、なぜ殺めた」

「鬱陶《うっとう》しかったのよ。出来損ないだの、穀潰《ごくつぶ》しだのと罵《ののし》られてなあ。旗本の三男坊なぞ糞の役にも立たぬ。どうして生まれてきたのか。生まれてこなければ、飯を食わせる必要もなかったのに。幼いころから、そうやって詰《なじ》られた。野良猫のほうがましだと、叱られたこともあった。奸物《かんぶつ》め、物心ついたときから、いつか殺ってやろうときめておったのよ」

ひねくれている。この男は、父親を殺めるために剣を修めたのだ。

「ほかの三人は」

「作事下奉行の鴨志田礼次郎を殺れば、親父は困る。鴨志田は金蔓《かなづる》をつかんでおったからな。親父とは切っても切れぬ悪党仲間さ」

ゆえに、まずは鴨志田を殺り、父親が狼狽《うろた》える様子を楽しもうとおもったらしい。

「あとのふたりは」

「道連れさ」

「何だと」

「夜桜に目が吸いよせられてなあ。どうせなら、桜にちなんだ名の幕臣を、ひとり残らず斬ってやろうと考えた」

「狂うておるな」

「うひひ、狂わねばできぬ所業よ」

「おぬし、冬馬に罪を擦《なす》りつける腹であろうが」

「なぜ、わかる」

「籠手打ちにこだわっておるからだ。殺められた者たちの周囲を探れば、弓削冬馬に行きあたる。おぬしは狡猾《こうかつ》にも、そう考えた。狂うておるわりには算盤《そろばん》ずくのところもある。それだけに質《たち》が悪い」

「おもしろい。さすが、元馬廻り役だけはあるな」

「なに」

「弓削はいちど深酒をしたことがあった。そのとき、ぽつりと漏らしたのよ。馬廻り役だけは斬らねばならぬ。斬らねば死んでも死にきれぬとな。そいつは、あんたのことなんだろう」

石地蔵のように固まった。

「くく、答えずともよいさ。弓削という男もひねくれ者よ。仇と遭遇する日を夢見ながら、そいつを心の支えに生きておるのだからな。案ずるな、おれがやつを斬ってやる。それからな、ひとつ、よいことを教えてやろう。あやつはどうも、人を殺めたことがないらしい」

「それがどうした」

「真剣の勝負だぞ。人を殺めたことのない者に勝ち目はないということさ。へへ、あんたはちがう。弓削のだいじな誰かを斬った。おれにはわかる。いちどひとを斬ると、その感触が忘れられなくなるものさ。おれとあんたはおなじ穴の狢《むじな》だ。弓削はおれにもあんたにも勝てるはずがない」

「言いたいのは、それだけか」

「ふむ、久方ぶりに口を利いてすっきりした。この場で勝負をつけてもよいが、あんたを斬ったら弓削に恨まれそうだ」

「何だと」

「今夜は消えてやる。弓削に逢ったら伝えろ。三日後の戌《いぬ》ノ五つ（午後八時）、護持院ヶ原に来いとな。あんたに忠告しておく。捕り方の影がちらとでも見えたら、女の命はない。いや、あんたの孕んだ女房と娘の命もないぞ」

「くっ」

「ふへへ、おれが斬りたくなったろう。何なら、弓削と決着をつけたあと、勝負してやろうか。ぬひひ」

気色《きしょく》の悪い笑い声を残し、八重樫弥三郎の気配は消えた。

冷たい風が裾をさらい、夜空に土埃を巻きあげる。

三左衛門は腰を屈め、断たれた袂を拾いあげた。

八

つぎの夜も、そのつぎの日も、弓削冬馬はあらわれなかった。

そして、いよいよ、期限と定められた五日目の朝、仙三がやってきた。

もちろん、半四郎の命《めい》を帯びている。

ふたりは連れだって長屋の露地を抜け、鎧の渡しにむかった。

「浅間さま、渡し舟に乗っていただきやす。ちょいとそこまで、ご足労願いてえんで」

仙三が指差す方角は、八丁堀だった。

「行き先は茅場町《かやばちょう》の大番屋《おおばんや》か」

「お察しがよろしいようで」

「もったいぶらずに教えろ。何があった……まさか、弓削冬馬を捕らえたのではあるまいな」

「図星でやす」

「おいおい、約定《やくじょう》がちがうぞ。期限は今日の暮れ六つ（午後六時）だ」

「わかっております。そう怒らずに。さ、舟に乗りましょ」

船頭は棹《さお》で朝靄《あさもや》を探るように漕ぎだした。

「お捜しのお方は大番屋の板間に繋がれておりやす」

しかも、三日もまえからだという。

「この一件に関しちゃ、八尾の旦那は関わっちゃおられやせん。先日、無宿人狩りがありやしてね、そのお方は運悪く網に掛かっちまったんですよ」

「無宿人狩りか」

「はい、それでね、八尾の旦那が今朝方、もしやとおもって名簿を繰っていたら、弓削っていうめずらしい姓が目に留まったんですよ。急いで月番の旦那に声を掛け、一日だけ大番屋預かりを延ばしてもらったんですが、このままじゃ明日にも石川島送りでさあ」

ふたりは舟を降り、陸にあがった。

仙三は大番屋にむかわず、手前の横丁をひょいと曲がった。

そこに、崩れかけた二階建ての矢場がある。

なかを覗くと、半四郎が楊弓《ようきゅう》を構えていた。

びんと、弦《つる》を弾く。

放たれた矢は的のまんなかに当たった。

「大当たりい」

どどんと、厚化粧の矢取女《やとりおんな》が太鼓を叩く。

「八尾さん」

三左衛門が呼びかけると、女はすうっと奥に消えた。

半四郎は楊弓を置き、にっと笑いかけてくる。

「朝っぱらから、すみませんねえ」

「何を仰います。こちらこそ」

「用件をさきに申しましょう。浅間さんが請け人になってくれれば、弓削冬馬はいましめを解かれます。なにせ、ほかに請け人のなり手がいないものでね」

「かたじけない。救っていただけるのですね」

「では、承知ということで」

「無論です」

「ほんとうに、いいんですか。浅間さんを仇と狙う相手ですよ」

「構いません」

半四郎は微笑んだ。

「そう言うとおもった」

「逆にお聞きするのも変ですけど、弓削を解き放ちにしてもよろしいのですか」

「無宿人とまちがえて縄を打たれただけですからね。そいつが証《あか》されれば、お帰りいただくしかないでしょう」

「八尾さん」

不覚にも、三左衛門は感極まった。

「この御恩は生涯忘れませんよ」

「妙なおひとだ。おれは浅間さんの仇を放つんですよ。ひょっとしたら、命の取りあいになるかもしれないってのに」

「いいえ、ありがたいのです。冬馬とのことが決着しないかぎり、ちゃんとは生きていけそうにない。そのことをわかっていただけたのが、嬉しいのですよ」

「じゃ、行きますか」
矢場を抜けだし、三人で大番屋へむかった。
いよいよ、冬馬と再会する。
そうおもうと、震えがきた。
腹をきめねばなるまい。
手続きの書面に署名し、外でしばらく待たされた。
朝陽が東の涯《は》てを真っ赤に染めている。
明鴉《あけがらす》が軒にとまり、喧《やかま》しく啼《な》いていた。
やがて、板戸が開き、頬の痩《こ》けおちた四十男があらわれた。
「冬馬」
呼びかけると、男は血走った眸子《まなこ》を剝いた。
口は真一文字《まいちもんじ》に閉じている。
無精髭《ぶしようひげ》が濃く、ここ数日の苦労がしのばれた。
背後から、半四郎が怒鳴りつける。
「こら、感謝せい。面前のお方にお請けいただいたのだぞ」
冬馬は、くるっと背をむけた。

ひどくうらぶれてはいるが、腰に大小を差している。

身構える半四郎と仙三にむかって、冬馬は深々とお辞儀をした。

「お世話になり申した」

「だから、そいつは後ろのお方にするんだよ」

ふたたび、冬馬が振りむいた。

「浅間三左衛門か。請け人として知らされた名におぼえはなかったが、おぬしだろうとはおもっていた」

「そうか」

「再会できるような気がしてな」

「ふむ」

「されど、わしにはひとつ、やらねばならぬことがある」

「わかっておる」

「なぜ」

「おしんどのが奪われた」

「なんだと」

「相手は先手を打った気でおる。おぬしの所在を聞かれたのさ」

「で」

「今宵亥ノ四つ（午後十時）、護持院ヶ原にて待つとのことだ。おしんどのを盾にして、おぬしのやる気を殺ぐつもりでおる」

「汚いやつめ」

「わしと勝負をつけたいなら、やつを葬ってからということになるな」

「ああ、そうだ」

「恥をしのんで聞くが、わしとの勝負、やめるわけにはいかぬか」

「請け人になってくれたことは恩に着る。なれど、これはこれ、それはそれだ。いかなる理由があろうとも、おぬしが兄の琢馬を斬ったことを、わしは一刻も忘れたことがない。仇は討たさせてもらう」

「わかった、喜んで相手になろう。さあ、行け。亥ノ刻に護持院ヶ原へ来い」

冬馬は垢じみた着物の裾を引きずり、後ろも見ずに遠ざかった。

丸まった背中が、泣いているようにも見える。

家族のいない冬馬にとって、おしんはただひとつの希望なのだ。

心配で胸が張り裂けそうなほどであろう。

「浅間さん」

半四郎が声を掛けてきた。

「護持院ヶ原って何です。もしや、八重樫弥三郎のことでは」

「弥三郎のことを調べたのですか」

「じつはね」

「なあんだ、おひとがわるい」

「一連の人斬りはたぶん、弥三郎の仕業にちがいない。ただし、旗本の子息が下手人となると、おれたちにゃ手のほどこしようがねえんだ。こいつは目付の管轄だが、目付にまわしゃ、十中八、九、握りつぶされるにきまっている。頭の痛《いて》えところです」

「冬馬には亥ノ刻と伝えましたが、弥三郎に言われたのは戌ノ五つです。捕り方を寄こしたら、おしんの命はないらしい」

「それでも、浅間さんは教えてくれた。さあて、どうすっかな」

「どうするかは、お任せしますよ」

三左衛門のことばに、半四郎は笑みを浮かべる。

「ふふ、浅間さんはひとりでもやる気のようだ。ただし、相手を斬るつもりで掛からぬと殺られますよ」

「ええ、わかっています」

「死人が出るのか。それなら、抛《ほう》っちゃおけねえな」

「くれぐれも、見つからぬように頼みます」

「承知」

半四郎は鬢《びん》を掻いた。

こうなれば、当たって砕けるしかない。

九

十五夜の月が出ていた。

漆黒の天に冴え冴えと貼りついている。

魂まで吸いこまれそうな気がして、三左衛門は目をそむけた。

戌ノ五つは疾うに過ぎた。

八重樫弥三郎はあらわれない。

花弁がひとひら、舞いおりてきた。

三十間ほど離れたところに「一本桜」と呼ばれる山桜が聳えている。

高みに目を凝《こ》らすと、太い枝から頭陀袋《ずだぶくろ》のようなものが吊るしてあった。

「おしんか」

ぎょっとして、身を反らす。

「ふへへ、莫迦め、やっと気づいたか」

背後の草叢《くさむら》が揺れ、怒り肩の痩せた男が顔を出した。

顔色は灰色にくすみ、落ちくぼんだ眼光を炯々《けいけい》とさせている。

「弥三郎か、おしんは生きておるのだろうな」

「んなことはどうだっていい。弓削はどうした」

「来るさ、ちと遅れるがな」

「仕組んだのか」

「ああ」

「わからぬ。なぜ、自分を仇と狙う相手を庇《かば》う」

「冬馬とは決着をつけねばならぬ。おぬしなぞに傷つけられては困るからな」

「なに」

「おぬしは邪魔だ。消えてくれ」

「ほざけ」

弥三郎は、脱兎のごとく駆けだした。

勝負は一瞬、一撃で決めねばならぬ。

三左衛門は低く身構え、脇差の柄に手を掛ける。

「そいっ」

愛刀の康継を抜き、一直線に投擲《とうてき》した。

「ぬわっ」

不意を突かれながらも、弥三郎は白刃を弾きかえす。

「うりゃ……っ」

そのまま、体を預けるように突きかかってきた。

三左衛門は、ずらりと大刀を鞘走らせる。

「なに」

竹光であるはずの刀が、眩《まばゆ》いばかりの閃光を放った。

「もらった」

白刃は逆袈裟《ぎゃくけさ》に薙ぎあげられ、ばっと鮮血が飛んだ。

「ぎぇっ」

弥三郎の手から、白刃が転げ落ちる。

すぐさま、峰に返された二の太刀が脳天に落ちた。

「うっ」

月代《さかやき》が割れ、血が飛沫《しぶ》いた。

そのまま、弥三郎は前のめりに落ちてゆく。

と同時に、人影がひとつ飛びだしてきた。

「浅間さん」

半四郎である。

黒羽織ではなく、野良着を着ていた。

「あんた、殺っちまったのか」

「いいえ」

三左衛門は首を横に振る。

「斬ったのは右手の筋です。額の裂傷は浅い」

「さすがだな、おれはてっきり殺ったのかとおもったぜ」

「八尾さん、助かりましたよ。はい、これ」

三左衛門は借りた大刀を黒鞘に納め、丁重に差しだした。

半四郎はこれを受けとり、臥《ふ》した弥三郎のもとへむかった。

慎重に歩みより、足を腹のしたに突っこんでひっくりかえす。

「ほ、こいつ、存外に穏やかな顔で眠っていやがる。憑《つ》きものが落ちたみてえだ」

「どうします」

「縄を打つ」

「いいんですか」

「旗本だろうが何だろうが、これだけの悪党を見逃す手はねえ」

大芝居の立役《たちやく》のように見得《みえ》を切り、半四郎は弥三郎に早縄を打った。

三左衛門は、不安げに「一本桜」を見上げた。

「浅間さん、あれはただの頭陀袋だ。まんまと騙されるところさ」

「おしんは」

「仙三が見つけました。欅《けやき》の空洞《うろ》に隠されていましてね、かなり衰弱してはいるが命に別状はない」

「それはどうも」

「さて、どうします。そろそろ、亥ノ四つだ」

「まさか、尻尾《しっぽ》を巻いて逃げだすわけにもいきませんからね」

「難題だな。奇蹟《きせき》に賭けるしかないか」

「奇蹟」

「弓削冬馬の心変わりに賭けるしかないってことですよ」

「ま、無理でしょう。もし、わたしが敗れたら、おまつに顚末を教えてやってはもらえませんか」

「いやだなあ、そんな役目は」

「それなら、金兵衛にでもお願いしといてください」

「約束はできねえな。あんたが死んだら困る。なにしろ、句会が開けなくなる。かといって、やめろとも言えねえし、めえったな」

半四郎はぶつぶつ言いながら、あらかじめ用意してあった荷車に弥三郎を乗せた。

「それじゃ、浅間さん」

荷車は軋《きし》みながら、遠ざかっていった。

重い足を引きずり、地に落ちた康継を拾う。

天には満月が煌々《こうこう》とかがやいている。

風が少し出てきた。

——ざざっ。

風は草叢《くさむら》を靡《なび》かせ、鬢や頬を嬲《なぶ》ってゆく。

「楠木ぃ……っ」

本名を呼ばれ、三左衛門はおもわず首を縮めた。

白鉢巻《しろはちま》きに白襷《しろだすき》の冬馬が「一本桜」を背に抱え、屹然《きつぜん》と佇んでいる。

凄まじいまでの気合いだった。

もはや、とめようもない。

「弥三郎はどうした。おぬしが殺ったのか」

「殺ってはおらぬ。手の筋を斬った。一生、利き手は使えまい」

「余計なことを」

「安心いたせ。おしんどのは無事だ」

「そうか。またひとつ、借りができたな」

「だが、それはそれ、これはこれ、であろう」

「さよう。情は情、仇は仇。やらずばなるまい」

「わかった」

三左衛門は、ばっと右袖を引きちぎった。

二の腕が露《あらわ》になる。

冬馬は眉を顰めた。

「ずいぶん生白くなったな」

「本厄を過ぎれば、みな、こうなる」

「いいや、ちがう。鍛えておらぬからよ」

風は巻いているので、どちらが風上かもわからない。

ふたりは、脛のあたりまで草に埋まっていた。

「されば」

「勝負」

冬馬が奔った。

三左衛門は小太刀を抜き、敢然と迎えうつ。

「ふあっ」

冬馬は易々《やすやす》と間合いを越え、宙高く飛んだ。

激しく火花が散る。

一合交えたところで、両者は離れた。

五間ほどの間合いをとり、爪先で土をつかむように円を描きはじめる。

脛が何かに当たった。

「ん、道祖神か」

と、そのとき。

信じられないような光景が、ふたりをとりつつんだ。

一本桜の太い幹が風に震え、無数の花弁を散らしはじめたのだ。

花弁はあたかも斑雪《はだれゆき》のごとく舞い、呆気にとられる冬馬の顔を隠している。

「おまえさん、おまえさん」

女の声が聞こえてきた。

「おしんか」

冬馬は応じながら、必死にあたりを見まわす。

おしんのすがたは見えず、声だけが聞こえてきた。

「おまえさんが筋を通すというのなら、わたしは消えちまうよ」

「なに」

「いくら仇でも、恩のあるお方じゃないか。そのお方にもご妻子がおありなんだよ」

「武士ならば、家族を捨てねばならぬときもある。ここでやめたら、何のために生きてきたのか、わからぬではないか」

「生きなおすんだよ。わたしといっしょに」

「生きなおす……そんなことができようか」

「できるさ、ふたりでならきっと」

「おしん」

桜花は舞いつづけている。

もはや、弓削冬馬に戦意はない。

十

弥生二十八日。

今日は朝から、嬉しくて仕方ない。

せがんだわけでもないのに、おまつが桜飯をつくってくれた。

蛸足《たこあし》を薄く輪切りにして飯に載せ、一味唐辛子《いちみとうがらし》を振って澄まし汁をかける。

桜飯と呼ぶ蛸の汁飯を、三左衛門はこのうえなく好んだ。

蛸の刺身もある。蛸を甘辛く煮た桜煮もある。

おまつが丹精込めてつくった蛸づくしなのだ。

三左衛門は喋りもせず、三杯も食った。

「朝っぱらから、すごい食欲だこと」

おまつが諫《いさ》めるような顔をする。

おすずも箸を握ったまま、母親とおんなじ顔で覗きこんでくる。

「おかわり」

三左衛門は、空になった茶碗を差しだした。

「おやおや、お櫃《ひつ》を空にする気だよ」

「困った大飯《おおめし》ぐらいだねぇ」

と、おすずが口を尖らせる。

おまつは茶碗を受けとり、飯をよそった。

そして、蛸の輪切りを載せ、澄まし汁をかける。

「蛸もさぞかし本望だろうよ」

「そうだね、うふふ」

おすずは屈託なく笑い、可愛げに汁を啜る。

「おっちゃんは、どっち」

「ん、なにが」

「生まれてくる子だよ。男の子と女の子と、どっちがいいの」

「そうよな」

息子なら、侍の子として育てたいとおもうかもしれない。

「どちらかと問われれば、娘かな」

と、三左衛門は応えた。

「あら、いやだ」

おまつが大きな腹をさする。

「ほら、ぽんぽん蹴っているよ。この子、男の子かもしれない」

「ほんとう、嬉しい」

おすずはかねてより、弟が欲しいのだ。

生まれてくる赤子のことを想像すると、命とはじつに壊れやすく、儚《はかな》いもののような気がしてくる。

だが、おまつを眺めていると、命の逞《たくま》しさというものを感じざるを得ない。

命あるものとして生まれてきさえすれば、性別などはどちらでもよかった。

確乎とした生命を育んでいる母の尊さに、ただ、平伏したい気分だ。

「ほら、耳をあててごらん」

おすずが腹に耳をあて、幸せそうに眸子を瞑《つむ》った。

「どうだい」

「うん、聞こえる」

「おまえさんも箸を置いて、ほら、聞いてごらんよ」

三左衛門も腹に耳をくっつけた。

聞こえてくる。

赤子の鼓動が、力強く聞こえてくる。

自然と涙が溢れてきた。

おまつが優しく頬を包んでくれる。

「八重桜も見納めだねえ。天気も良さそうだし、三人でちょいと出掛けようか」

今日は不動尊《ふどうそん》の縁日、明日からは本所回向院の境内で晴天十日の勧進相撲《かんじんずもう》がはじまる。

桜の最後を飾る八重桜が散れば、目にも鮮やかな新緑の季節がやってくる。

冬馬はおしんと、今頃は伊豆《いず》の温泉をめぐっているところだろう。

半四郎がそっと教えてくれたのだ。

ふたりにはもう二度と、逢うこともあるまい。

だが、もし、邂逅できたら、おしんの三味線を肴《さかな》にしながら、美味い酒でも呑みかわしたいものだなと、三左衛門はおもった。

双葉文庫

さ-26-35

照《て》れ降《ふ》れ長屋風聞帖《ながやふうぶんちよう》【七】

仇《あ》だ桜《ざくら》〈新装版《しんそうばん》〉

2020年7月19日　第1刷発行

【著者】

坂岡真《さかおかしん》

【発行者】
箕浦克史
【発行所】
株式会社双葉社
〒162-8540 東京都新宿区東五軒町3番28号
［電話］03-5261-4818（営業）　03-5261-4833（編集）
www.futabasha.co.jp（双葉社の書籍・コミックが買えます）
【印刷所】
中央精版印刷株式会社
【製本所】
中央精版印刷株式会社

【フォーマット・デザイン】
日下潤一

ISBN978-4-575-67008-0 C0193
Printed in Japan